行走的耳朵

周云蓬 著

广西师范大学出版社
桂林

就只携带死海的石子，教堂晨起的钟声，黄昏天上的乌鸦，还有那些石头的温度触感，走去下一个城市。

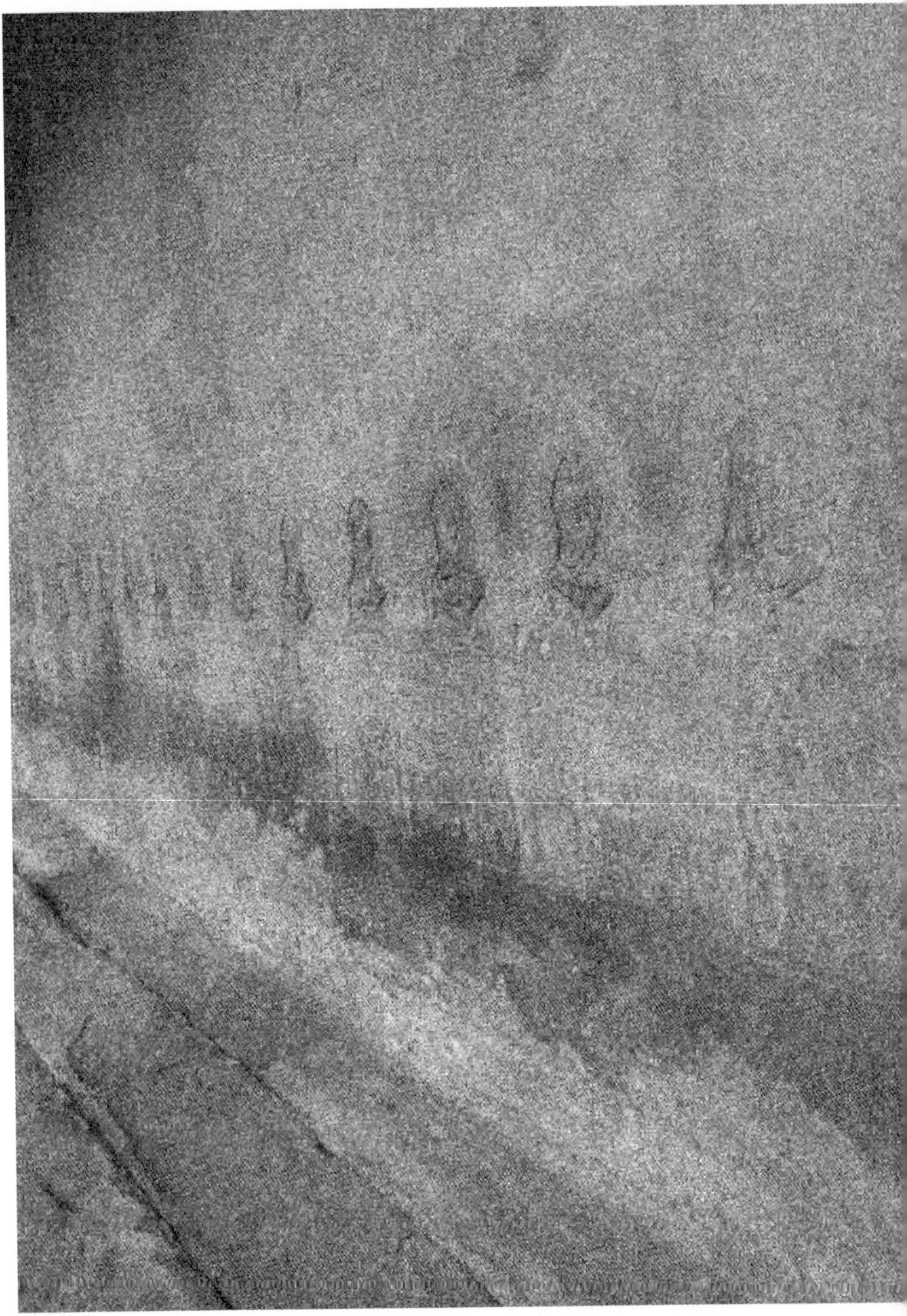

目　　录

序

盖住双眼的世界不远

我的成长过程变化不大，从温饱到小康。路不远，从台北到洛杉矶留学，也不远。从人类学到歌手，有点远但也不算太远。一切在于抉择和努力。但是我觉得对于作者来说，从沈阳到洱海，很远。从中国到耶路撒冷，更远。从看见到失明，我则永远无法知道那有多远！两岸咫尺直到民歌发展跨入四十年，我才认识彼岸这位默默爱着校园民歌的东北老乡，我想时间终究能让一切都变得不远！

云蓬的文字风格我很喜欢，容我借他书中用来形容我的词条：如冰上滑行的玉，无碍顺畅，是幽暗海中的一抹月光，温暖剔透。因为不堆砌不拐绕，让人读时不费神，不忸怩不摆态、不虚幻不晦涩，所以不引人堕落！言简意赅之中俚雅并济，而刻画的入微、洞察之入骨，让人觉得是不是也要将自己双眼盖住，才能真正领悟作者自嘲笨拙的高深奥妙！快哭的时候让你笑，正想笑，又给一棒让你思。在这哭笑不得、来去之间，感受到的是盲者对这有情世界大量的爱与理解。他必然是一个充斥着爱的个体，才能用他的耳、他的鼻、他的口、他的手和他的心，把所到所感形容得如此犀利透彻但——美好。

现阶段的我，努力让六根清净、根境不偶，不想这虚华五浊恶世对应出自己的不堪和脆弱！云蓬失去了最容易被欺蒙的感官，少了这一根的魔考，修行之路应该比我们好走一些吧！单单想到不用照镜子，就已经觉得心不烦意不乱了！盲者的心和耳朵之间的那条通路是那么地明亮清晰，我们却常常眼堵了耳，耳又捂了眼，最终是眼耳一起把心给蒙了！

这行走的耳朵，走出了鲜活不样板的路，是彩色的耳朵、乐观的耳朵、犀利的耳朵、洞察的耳朵……是会走路会歌唱、会爱会给、又悲又悯、一双看得见的耳朵。

盲者不盲，眼不“见”并非不“见”，也为我印证了佛经所言。

齐豫 合十

旅途

世界不见人，但闻人语响
——行走的耳朵

世界之于我，关闭了视觉这一维度，其他感官就变得尤其重要起来，没了大儿子，二儿子就担负起长子的责任了，失明大半辈子，安身立命多靠耳朵。

别的孩子看电视连续剧《铁臂阿童木》，我抱着收音机听电影录音剪辑，尤其喜欢上海电影译制片厂那些老电影，邱岳峰声音坏坏的，童自荣很帅，乔榛深沉，刘广宁很纯。那时还没听说导盲犬，以及任何辅助盲人走路的电子设备，我走在沈阳的街头，拄着盲杖，全凭耳朵听声辨位。依照身边叮叮叮的自行车流，可以校正你走路的方向。到了路口也能听出来，你的侧面有车流人声滚滚而来，以至于后来我锻炼得路边停了一辆熄火的汽车，快撞到的时候也能通过声音反射觉察到。有人认为这很神奇，其实只要你闭上眼睛细心体察，前面是一堵墙或是一片广场，应该能够感知得到。记得那时就连最尴尬的寻找公共厕所也要靠耳朵，有一回误入女厕所，听到一声清脆的尖叫，马上迷途知返。听到没看到，不算流氓。

到了盲童学校上学，我们写字使用一个锥状的盲文笔，在盲文板里扎出一个个小点点。写字的时候桌子产生共鸣，咚咚咚的，有时班里几十个同学一起奋笔扎字，咚咚咚咚，如万马奔腾。

再后来开始学乐器了。拉琴唱歌是我们盲人最古老的职业，跟算命、乞讨并列为三大谋生出路。论先天禀赋，我在音乐上只是一个中才，我有一些音乐天赋极佳的同学，只要街上汽车一按喇叭，或者暖气管气流阻塞发出“呜”的一声，他就能在键盘上准确地敲出相对应的音高。二十世纪八十年代中央电视台春节联欢晚会某首歌刚被唱完，第二天就能把歌曲默写成谱子。所以，有很多莫扎特一样的盲童，只可惜后天缺少系统的音乐教育，没能成为音乐家。

再后来，我的文艺小心灵开始萌芽了，想读泰戈尔了，去隔壁师范学校找文学社的同学代读。学师范的多是女生，读着“夏天的飞鸟飞到你的窗前”，又婉转又好听，就算诗歌没听懂，光听声音也满心喜悦。到如今，回想起某本书，印象里不是象形文字，甚至不是书里的微言大义，而是某个波光粼粼的声音，有清朗的，有低缓的，成为我青春的年轮。

本来一辈子要靠手吃饭的——按摩，把人的肉揪起来再压下去，后来还是改行，靠耳朵了。到了北京，我把卖唱挣来的钱支出一大笔买打口带。打口带别看外表龇牙咧嘴，里面可真是进口原版的好音质。为了让耳朵更好地享受、感知音乐，我那时卖唱半个月攒了五百多元，买了一个爱华的随身听，那是我流浪北京最贵重的家用电器。那时听音乐真是入心呐，一张鲍勃·迪伦听烂为止，一套鲍勃·马利，听得走路吃饭连同晚上做梦都踏着雷鬼乐的节奏。

当然，生活不仅仅是音乐，耳朵也经常能听到冷言冷语、嘲讽、阴阳怪气，甚至仇恨。那时常听到人说的不可理喻的话就是“可怜之人必有可恨之处”。谁请你可怜了！可怜之人又不是宠物，有义务总是可怜见儿的吗？或许可怜别人可以把自己升华成贾母？有一次在圆明园，走路把路旁的自行车撞倒了，车后座的瓶子摔碎到地上，我赶忙向车主人道歉，说我可以赔偿。那小伙子很愤怒，向我大吼：一瓶刚买的酱油摔碎了，你赔得起吗？这样的刺激，耳朵比心灵记得更久。

二十一世纪，自己进录音棚录了个人专辑。晚上关起门拉上窗帘，在屋子里偷偷听自己的歌，就像在一间空房子里遇到另一个克隆的自己，又尴尬又陌生，还有点近亲结婚的负罪感。其实耳朵是向外的，它对自己身体发出的声音很陌生，还有些抵触。出了唱片以后，开始上舞台演出了，舞台上有监听音箱，仿佛一个演员照着镜子为台下的观众表演。监听音箱不总是那么音质优美，有时候听见自己的声音干瘪沙哑，有时刺耳得像驴叫。这时听到调音师安慰你：“台下可好了！台上台下听到的声音是不一样的。”这时你还真得要有点自恋精神，摇头晃脑地做陶醉状，把歌唱完。也有时候参加大型音乐节，咫尺之间几个舞台一起开唱，你上台一把小吉他轻轻拨弄，民谣音乐娓娓道来，赶上对台是个重金属乐队，长头发旗帜一样地狂甩，鼓敲得震天响，你根本听不到自己在唱什么，这时你心里暗暗发誓：一定要组建一个音量大的乐队，发挥奥运精神：更高、更快、更强。

生活越来越喧嚣，每个人都更大声地说话，捂着耳朵拼命表白。“调音师，给我音量大一点。”“调音师，我要音量更大点。”可能音乐在一百年前比现在的音量小得多，由于世界本身安静，耳朵听了一样震撼。听二十世纪六七十年代的音乐现场录音，就算最噪的乐队，它的低音和总的音量分贝，比起现在，也只算是浅吟低唱。世界将越来越吵，人类的耳朵会越长越大。可能将来自家晚饭聊天，每个人都得拿个麦克风。可那样的世界对于失明的人就苦了。我八十年代在沈阳走街串巷如闲庭信步，九十年代在北京经常背着音箱拄着盲杖从北大去西单卖唱。到二十一世纪不行了，城市巨大的轰鸣，湮没了我的听觉，汽车按喇叭的声音、街边店放音乐叫卖的声音、广场上健身者播放舞曲的声音，那是狭路相逢勇者胜，一声更比一声高。我站在街上，真是眼又盲，耳又聋，寸步难行。偶尔到大饭店吃饭，人们隔着桌子如喊山般："老周，你好！"真是咫尺天涯啊。

耳朵跟我说：你年龄大了，不需要总混江湖了，能不能带我去个安静的地方——听听风吹竹林，雨打屋瓦，"月出惊山鸟，时鸣春涧中"，"空山松子落，幽人应未眠"，听安静的人小声说话，听枕边人均匀呼吸。夏天的飞鸟飞到你窗前，叫了一声，耳朵就醒了。

于大理

吴哥窟教会我无目的摄影

吴哥窟，无人时最美，人少也可迁就。所以，我跟同行的朋友每日早起，凌晨五点出发，在大队旅行团之前先进入寺庙静悄悄地走动，走累了就坐下来听。

巴戎寺很多佛像在晨光里微笑，台阶光滑忽高忽低，考验我的脚力。据说，随意坐下来，四周远近高低都有高棉的微笑。我就坐着不走了，举起 iPad，上下左右一通拍照。本来觉得这样好玩，拍到啥算啥，没有目的没有设想，结果朋友一看，大大地夸奖我，说照片里有一些与众不同的影像，有一张拍到了完整的佛的微笑，还有一张拍的是一双女生的脚，上面有裙摆，脚下是石板路。朋友说，通常人们摄影不会这样选角度。这下子我得到鼓励了，想我可以这样跟吴哥窟建立起私人隐秘的关系，一个盲目的人，用手眼看废墟。

塔布茏寺蛇树盘绕在墙垣上，一扇门里面是倾倒的石柱，门也是倾斜的，我拍照无法水平地端正镜头，到了这里，倾斜的镜头呈现着倾斜的景物，般配了。塔布茏寺后院，鸟叫很奇特，口音是异国的腔调，我坐下来对着天空拍照，盼望能拍上一只鸟，拍下来给别人看，照片里是树顶大片的夕光，树冠倾倒入天空，眩晕的倒置的另一番景象。

圣剑寺很迷幻，一道道门槛跨过去，这里的门不是用来通向哪里的，门就是独立的存在。两侧的院落，对称着，颓败得近乎相似，走过一千个门，还像什么也没走一样。《百年孤独》里，霍·阿·布恩蒂亚临死前，梦见自己走了无数个相同的房间，他梦见的应该就是圣剑寺。我像个机器人，机械地跨门槛，失明人逛迷宫，双重迷失。其实，又无所迷失，迷宫更多是视觉幻象，闭上眼睛，迷宫就简单得跟我卧室差不多。

女王宫，一位红衣少女住在树林里，精美的红色砖雕，门廊石柱也比其他寺庙小一号。我依然故我地坐在一处创作。镜头里拍到一个柬埔寨小孩，坐在门槛上玩儿，总有那么多小孩跟古树一起，寄生在这千年废墟中。我还听到一名中国游客，给了小孩钱，然后大声教孩子们说：我爱中国，我爱北京，我爱人民币。羞愧得我，都不敢大声说汉语了。

崩密列，听这名字就够崩溃的了，那里是一大湍液体状的房子胚胎，汹涌起伏旋转流淌在一起。朋友搀扶我，走在房檐上，迈过屋顶，踩着柱端，脚下没一块可称作路的平面。走着走着，就下去了，进入废墟深处，我靠着墙掌握好平衡，碰运气地拍照，这里的上下左右非上下左右，是名义上的上下左右，拍到了一个黑屋子，只有一个菱形的窗，一束光，映在全黑里。

在空中宫殿，我仰拍，画面里有无所依傍的门柱，石狮子背后的蓝天。

在斗象台旁，墙上有很多浮雕，善良的工作人员告诉我可以抚摸，能看见的游客是不允许的。我轻触那些衣带飘扬的跳舞的仙女，不小心摸到敏感处，就心里暗暗地道个歉。摸好一个，就拍一个。有的在镜头里很端正，有的只照了半边脸，委屈仙女们了。

坐在车上，我就对着车窗外拍，坐在船上，也拍，反正哪儿有动静，有人说话声音好听，有鸟儿扑打翅膀，我就按快门，有时对准了，iPad 还会语音提示我：镜头里有一个小面孔在正中央。

七天，在吴哥窟我拍了一千多张照片，多亏不是胶卷时代，我才敢如此肆无忌惮。回国后我在南京先锋书店做活动，我把自己的拍摄，放给大家看，问大家我拍到了什么？现场观众站起来给我讲解。我把景象带给别人，自己永远无缘看到，再从别人口里感知这些景象，绕着弯重回那些废墟。废墟本来不是让人居住的，不讨好人不提供方便。那里的路，并非两点之间直线最短，路回旋通向起点，墙俯卧可踏过，门里空荡荡是天空。做废墟多自由随性，多孩子气。如果我把照片拍歪了，也是因为在那里我没有一条标准的地平线，干脆没有视野，无观点无目的，我先感知到，再借用不同的眼睛努力回看。博尔赫斯的《圆形废墟》《交叉小径的花园》《巴别图书馆》和《阿莱夫》，也是吴哥窟的照片，尽管他可能没来过。

好了，不想说清楚了，甘愿做个迷失的人，在吴哥窟的梦里，鬼打墙，晚点醒。

于大理

摸石头听耶路撒冷

一

带着那本《耶路撒冷三千年》，我们在本·古里安机场降落。

一下飞机，找了个司机，是个阿拉伯人，不会说英语，说好二百谢克尔到城区，到了目的地，司机变卦了说要二百美元，一下子翻了四倍。民宿老板看不惯，冲出来，说：他们是我的客人，你不能这样做。两人用希伯来语、阿拉伯语激烈地争吵起来，最终，我们付了二百谢克尔，把司机打发走了。紧张得一身汗，刚到就见识了因自己引起的小小的种族冲突。

晚六点后，街边的店铺纷纷打烊，连有轨电车都停运了。原来今天是犹太人的安息日，大家都要待在家里。大街上，空无一人，只有黄昏中的乌鸦，嘎嘎叫着从头顶飞过去，显露出这城阴郁的一面。

二

哭墙，原本树立在我的阅读世界里，沿着一个平缓的下坡，工作人员带我走向真实的它。

我举起双手向前触摸，石头平滑湿冷，墙面上有一些手印一样的或大或小的窝。那是多少年来多少双手抚摸出来的，无棱无角，体温尚存。两旁朝圣者在低声啜泣或是祷告，远处人们在大声合唱着颂歌哀歌。

第二次去哭墙，我没让工作人员引领，自己拄着盲杖，依靠脚下的坡度判断方向。我准确地走到哭墙前，这回摸到一些裂缝，里面塞了纸条，那是朝圣者许下的愿望，相信墙有耳能听见。

第三次去哭墙，下午烈日炎炎，少了些神秘悲壮。正碰上大群以色列军人，我跟一名以色列女兵拍了张合影。她挽着我的胳膊，做亲密状，背着的冲锋枪，碰着我的身体。真希望她背着的是吉他或者乌德琴。我把合影发到微博上显摆，并祝福她：服役期间无战事。

三

有时候你会突然惊觉：我竟在耶路撒冷——那曾经在小说诗歌宗教典籍里不断遭遇的耶路撒冷，现如今真实地可触摸可听到。

耶稣曾很日常地在这城里走动。

最后的晚餐处，一间会场似的大房子，里面已空无一物。客西马尼园，种满了橄榄树，还有大朵大朵香气馥郁的花儿。一位老妇人，带我触摸最老的橄榄树，树根光滑得仿佛鹅卵石。她说，这树见过耶稣，耶稣就坐在它下面祈祷。她邀请我跟她一起，对着耶路撒冷的城墙，祈祷和平永在。

耶稣背着十字架走向各各他的路被称为“苦路”。起点是他受审的地方——彼拉多总督府，现在是个小学校。一路走上去，墙上会有金属牌，提示耶稣在此说了什么做了什么。“苦路”如今很热闹，商铺林立饭店飘香，卖旅游纪念品的、卖明信片的摊位挤挤插插的，受难之路要通过市井喧嚣，最终到达圣墓大教堂。

我跟上人群排着队，触摸耶稣被钉十字架时脚下的石头，俯身触摸他躺卧过的油膏石，触摸他的坟墓，也是石头砌成的。感谢石头不会腐烂，对眼睛就显出沉默木讷，对我这失明人的手网开一面，讲它隐秘的往事。

圣安妮教堂，穹顶回声绝佳。轻轻地哼几句，你会感觉到自己快成天使了。教堂的白衣神父鼓励我：大声唱。我用民谣的破嗓子，唱了一曲《奇异恩典》。神父夸奖说，在我的声音里，他听到了上帝的祝福。

在这里，还遇到了一对波兰裔新人在此举行婚礼。我旁听了婚礼仪式，还给新娘拍了照片，据说新娘是个金发大美女，可惜我没敢触摸。

耶路撒冷生者与死者相濡以沫。

橄榄山满山坡的犹太人墓园，石棺一排排紧挨着。如但丁说的：死亡竟然毁了那么多人。隔着马路就是活人居住婚丧嫁娶的红尘。

圣母玛利亚的墓离她出生之地不到一公里。大卫王的墓，要男女分开排队瞻仰。拉撒路，那个被耶稣召唤从死里复活的年轻人，他走出来的墓是个很深的洞穴，里面冷飕飕的，洞壁上结着水滴，洞口有人收费，下去一次五谢克尔。还有辛德勒的墓，他救了很多犹太人，所以他被埋在这里。

二战大屠杀纪念馆，里面没有墓，有死者的衣服，烟斗首饰，很多遗物，满墙的名字，密密麻麻写满几个大房间。

如果他们每个人拥有一个墓穴，那整个耶路撒冷老城恐怕都装不下。

四

老城里都是石板路，要不断地上台阶或者下台阶。

两边有叶脉般延伸下去的小胡同，房子一座比一座老。有的屋子就是座山洞，黑咕隆咚的。

店铺里卖的东西，看上去眼熟，头巾陶罐瓷碗，手链项坠，民族服饰，木雕，跟大理人民路相似。是不是出自义乌，不晓得。

吃得很简单，大饼卷肉，加上点蔬菜沙拉。吃了几天有点想念方便面了。估计这里的人，天天忙着虔诚祈祷，压根不琢磨怎样吃好穿好。

幸好我找到了酒，当地的葡萄酒很不错，都是伯利恒产的货，锡安牌的，酒里有信仰的力量。我还找到一瓶波兰伏特加，肖邦牌的，酒瓶上印着五线谱，后面有肖邦的头像。这就更不能不喝了，可以加深音乐修养啊。

某天，发现一家小店，门上注明是视障人的手工作坊，收入也全给视障劳动者。我当然很感兴趣，店里卖的主要是各类毛刷子，我买了一个，做个纪念。店主人还拿出一根盲杖，金属的可折叠。我一试，又轻又长，非常合手。问老板价钱，人说可送给我。我付了十美元，反正最终是落到咱外国盲胞手里的。出来，我正举着 iPad 给店门脸拍照，旁边来个人脚步拖拉，我想，他会躲我的，没想到他直撞过来，原来他就是为这小店送刷子的视障人。俩失明人在耶路撒冷街头能撞在一起，这是怎样的概率呀!

老城里也没啥交通工具，我整日从雅法门走到大马士革门狮子门锡安门西律门，走得卖东西的人都认识我了。干脆我搬到雅法门里的一家老旅馆。一进房间，我大吃一惊，原定的普通标间，升级成为宽大的复式套间，有个老式的旋转楼梯可上二楼，窗外还有个小阳台对着大卫塔。马上到前台向老板致谢，老板是个声音洪亮的犹太老先生，彬彬有礼的，见我眼睛不方便，主动免费为我换了个高级间。

这座旅馆有一百多年的历史了，隔壁门上写着：1905 年，荷兰前总理曾住过。

我坐在旋转楼梯上，喝着伏特加，浮想联翩。一百年中，这房子里都发生过啥故事？会有爱情离别，也会有凶杀密谋吗？我也将隐入时间的黑暗河道，未来人也会这样猜测我的今天。

五

伯利恒有耶稣诞生的圣诞教堂。

此时那儿归“巴勒斯坦解放组织”管。去的时候，要下车过检查站。通向关口的路，两旁是铁栅栏，栅栏外耸立着水泥墙。路的尽头有端着冲锋枪的士兵，进行安检盘查。士兵态度还很好，没怎么检查我，一把把我拽过去了。

巴勒斯坦这边，都是拉活的黑车司机，跟一个司机讲好了，到教堂三十谢克尔。司机很能侃，说中国人是巴勒斯坦人的好朋友，差一点就血浓于水了，他可在教堂外等我们，把我们拉回来，价钱加一倍。我们说想自己逛逛，不用等。他马上变脸，称三十是一个人的价钱。懒得跟他啰嗦，下车多给了十块钱。用汉语抗议：您就这样宰熟呀。他用英语回答：Thank you。

圣诞教堂的圣物仍是石头，耶稣诞生的地方，一块碗状的石头，大家排队躬身触摸。

出了教堂，不想打车了。徒步寻找公共汽车站，边走边打听，路过一个大菜市场，跟中国的市场差不多，卖土豆辣椒的，卖苹果橘子的，大块烤肉穿在钎子上，热烘烘的，还有中国产的拖鞋袜子毛巾指甲刀。

走了两公里，找到车站乘车，可直接回耶路撒冷。到关口，车上的一部分人下去，要接受安检，我们外国人不用下，士兵端着枪上来看看护照，就放行了。

六

死海，初中地理课学过，那是地球上最低的地方。

车沿着约旦河一直开，到死海气温上升到三十六摄氏度。海水远看是浓稠的绿色，我脱鞋下海，脚上的裂口处，一阵剧痛，跟踩进火里似的。海浪黏稠地打在沙滩上，声音嘶哑，一点也不爽快。我猫腰在水里摸几块石头，想带回家没事舔舔，留点味道回忆。顺便我尝了尝海水，那根本不算水，简直是硫酸。要是带一筐鸡蛋，放里面，捞出来一定成了一筐咸鸭蛋。

死海水深三百九十米，海底是固体的盐。这么一大汪浓稠暗绿且无生命的深渊，上帝创造它，是怎么想的？

回来，发现死海还是有积极意义的，我多年未愈的脚气，再不痒了。

七

雅法门的门洞里，一个女子弹奏竖琴，行云流水，感觉那是能洗心的神乐器。竖琴也被印在以色列的硬币上，犹太人的祖先大卫王，就善弹竖琴。真想买一架带回大理，对着苍山弹上一曲。一摸，太巨大了，背不动。

要说再见了，耶路撒冷。

那本《耶路撒冷三千年》只读了一百页。

十五天的过客，比之三千年的聚散生灭渺小肤浅得不值一提。就只携带死海的石子，教堂晨起的钟声，黄昏天上的乌鸦，还有那些石头的温度触感，走去下一个城市。

耶稣行神迹，曾让盲眼人重新看见。我揣测自己黑暗的面目，应是神迹的一部分。这是我跟这地方前世的善缘。换一个季节换一个年龄，我会再来。那又是另一个耶路撒冷！

于大理

伊斯坦布尔的气味

凌晨三点，远远近近的清真寺开始吟唱，召唤信徒做晨祷。一声高亢的长音，引领更远的短音，起起伏伏地飘到海上。大群海鸟拍着翅膀鸣叫着飞过屋顶，不是公鸡报晓，是忧郁的气氛唤醒你，你醒了，想起在伊斯坦布尔。

作家帕慕克是这个城市的气味。我读着他的小说《白色城堡》《我的名字叫红》，还有《伊斯坦布尔：一座城市的记忆》，一边读一边在这个城市里住下来，吃烤肉，喝 Raki 酒，还有一种酸奶，里面加盐，我的最爱，叫做 Ayran，我曾经一口气喝了十几杯。他的小说里经常提到金角湾，好名字，我就找金角湾周围的民宿住。他说的横跨金角湾的加拉塔大桥，我走了好几趟，桥上有人垂钓，桥头路边摊的烤鱼又新鲜又便宜。他讲伊斯坦布尔的细密画：失明就是寂静，是绘画的极致。我想象着那样的画，一定是浓艳的、热闹的色彩，衬之以幽暗的背景，就像垂挂着厚厚窗帘的窗台上摆放的香水，瓶口敞开，红色的，叫作火焰天使，蓝色的叫作博斯普鲁斯海流，红色的味道如新婚，蓝色的像是金婚纪念日。

《纯真博物馆》本来是帕慕克的一本小说，他把虚构的小说落实成一个博物馆。我们沿着独立大街寻找纯真博物馆，捉迷藏一样地大街小街地钻进钻出，终于找到那栋小红楼，旧旧地矗立在胡同的角落，里面展览的都是日常用品，小说里提到的小物件、装饰品。伊斯坦布尔过去的痕迹都活在这儿：满墙的烟头、大茶缸、蝴蝶胸针、小瓷狗，还有衣裙，空空的，挂在那儿好像里面故人的灵魂鼓荡着不愿离去。一个城市年深日久，就会成精，幻化出一个具体的肉身，说话思考行走在尘世。

帕慕克就是伊斯坦布尔的精神。鲁迅是绍兴的神，张爱玲是老上海的神，老舍是北平的神，卡夫卡是布拉格的，萨拉马戈是里斯本的，沈从文是凤凰的，柯南·道尔是伦敦的。

阿加莎·克里斯蒂在这城市写了《东方快车谋杀案》，她住过的酒店，还在。我试着读了几段，太啰嗦沉闷了，看不下去，可能过了看这书的年龄。到了那个酒店，只在大堂里坐了一会儿，上了个洗手间。

茨威格也写过这个城市，写穆罕默德二世一四五三年攻克君士坦丁堡的故事，一个小小的疏漏，一扇小门，没关好，导致全城的沦陷。书里提到圣索菲亚大教堂，孤城沦陷前，几千拜占庭人在教堂里做最后的祈祷。我在圣索菲亚教堂里，逡巡了很久，听着嗅着，那么多的时间，那么多祈愿，控诉，忏悔，踪迹全无，可能都沉淀进石头柱子石头穹顶石头门廊里了。所有柔软温暖最终都将归于坚硬冷静。

蓝色清真寺，不用偏要进去，我只把这名字细细地咀嚼，满口的橄榄味，满脑子的天空高远，各种蓝层叠向上。我坐在清真寺的大院子里，举着 iPad 为来往的人拍照，拍到谁算谁，全凭偶然。很多人在大草坪上睡觉，大太阳地里走一下午，又热又疲倦，我也躺下来，在一个清真寺的殿堂里，地毯软软的，殿堂里凉丝丝静悄悄，做梦都是圣洁的。

苏莱曼尼耶清真寺的土耳其浴室，有几百年历史了，进入大厅，香得我浑身软绵绵，马上要瘫倒。穿好木头拖鞋，腰部围上一大块毛巾，我走进著名的土耳其浴室，耳畔响着低回悠远的土耳其笛声。屋子里热气氤氲，黏在皮肤上，屋中间有一块滚烫滚烫的大石台，要趴在上面，把自己熏蒸二十分钟。据说水汽朦胧的四壁上描摹有古老的色彩艳丽的壁画，我感觉自己进入了爱伦·坡的某部小说里，恐怖的华丽，趴在火石上，等着行刑人的到来。行刑人来了，一位土耳其大叔，把我扯到旁边小一些的房间里，把我按在另一个滚烫的石台上，一大盆水浸着很多块香皂，好像一大团火烧云在皮肤上滚过，然后撅胳膊拽腿，拧巴了一顿，端起整盆的清水泼上去，哗啦啦的仿佛把凉水泼到油锅里。终于“行刑”完毕，解脱了，出来斜靠在靠垫上，喝几杯鲜榨果汁，打个盹，玩味“劫后余生”的滋味。走到阳光下，皮肤嫩嫩的香喷喷的真想咬自己一口。

土耳其的甜点，跟土耳其浴一样，幸福得你要晕倒，咬一口，满口流蜜，让你担心这国家人民会不会都是长不大的爱吃甜食的馋嘴小孩。

就这么个甜蜜蜜香喷喷的地方，街边烤着大块的牛羊肉，人们咕嘟嘟地抽着水果味道的水烟，他们的音乐却是悲伤忧郁的，像是沉浸在回忆里，失落得无可名状。

土耳其乌德琴十一根弦，琴颈上无品位，是吉他的老祖宗。乌德琴跟中国古琴一样，漫长的时间里，孕育了自己鲜明的音色性格，随意拨

弄就回到古老的亚洲深处——骆驼商队羊皮古卷宗教战争迁徙的人群盛衰交替的帝国。

土耳其大巴扎，是全球最大的巴扎，比整个大理古城还大。进去了，你首先要捂住钱包，心里默念：克制冷静。好玩好看的东西太多了，加之还有很多换钱的银行。你要是带了个文艺女朋友来，那后果不堪设想，就算你舍得花钱讨美人欢心，你还要有力气大包小包地背回国。我闭上眼睛捂住耳朵，逛了好几条街，只花了一百多人民币。然而，到了个琴行，满墙的乌德琴，彩色的迷你手风琴，各类叫不上名字的乐器，老板为我现场演示，弹得心潮澎湃，吹得心碎肠断，

钱包洞开了，冷静融化了。买了个忧伤的笛子，声音像黑管，暗暗地如泣如诉。再买了个小手风琴，抱在怀里，就像抱个婴儿，天蓝色的，路边卖唱人最爱用。最后一咬牙，买了个终极性乐器乌德琴，挑了个最贵的，面板是加拿大枫木，音色很好听，管他何年何月才能学会！到隔壁买了个大拉杆箱，装满拉起来，向琴行老板挥手道别，走了，再不敢回头。

回国乘坐土航的飞机，餐饮很豪华，竟然供应伏特加、威士忌、干红干白，我都不要，我向空乘要土耳其 Raki 酒，且要加水，这酒原本透明，加水会变化成乳白色，空乘小伙子见我识货，是酒行家，专为我开了一瓶。酒里有葡萄蜂蜜茴香加奶的味道，经水调和不温不火，十二小时的飞行，正好一杯一杯到北京。

于大理

大欢喜大热闹的纽约

我才不喜欢安静呢。

或者说，不总喜欢孤独的生活。本来，我看不见光影，日出月落了然无觉。我被迫着安静宁静沉默，安静会让我心里狂乱。来点热闹吧，所以，我去了纽约。

这个城市，最常听到的声音，是警车救护车救火车呼啸而过尖锐的鸣笛声：啊呀啊呀，完了完了完了，着啦着啦火啦火啦；街头艺人打鼓唱歌弹吉他；第五大道的橱窗里大声播放着古典音乐；地铁里，列车哐啷啷地进站出站；也有操着粤语的华人，大声说话。多热闹啊。

我刚到时，先住在新泽西，穿过一个隧道可到纽约。后来，我想，我要住在曼哈顿，住最繁华的地段。否则，我还不如在大理苍山待着呢。一咬牙，搬到第七大道五十五街旁的惠灵顿酒店，惠灵顿就是打败拿破仑的那个人。旁边是卡耐基音乐厅，再走几条街是中央公园。

刚搬过去，正赶上约翰·列侬祭日，中央公园有个草莓地（Strawberry Fields），列侬家在那附近，草莓地来源于披头士名曲：永远的草莓地（*Strawberry Fields Forever*）。穿过中央公园西侧，远远地就听到披头士金曲大合唱，一首连着一首，场地中心有个自发组织起来的乐队，前奏 solo 跟原唱一模一样的。

第二天，到隔壁卡耐基音乐厅，买票，不管啥演出，有动静就听。碰巧那天演的是莫扎特《魔笛》，听了很受教育。又去不远的林肯中心，还是不管三七二十一地买票，听的是老柴的《胡桃夹子》，可惜看不见台上旋转的芭蕾。大厅有卖真胡桃夹子的，可以摸，原来是个挎着刀的小军官，身后有个杠杆装置，可以夹核桃。

想爱抚一个城市，那要狂走着体察，别先急着去那些著名的景点。曼哈顿区像一个大棋盘，我们俩跟卒子似的一条街一条街地拱，不学炮，跳来跳去的。我们从六十几街的中央公园开始拱到时代广场，那儿的大屏幕比头上的天还大。拱过众多的百老汇剧院，那里常年上演《歌剧魅影》。再拱到联合广场，那儿到处都是练摊的人，还有春天街、王子街，名字挺好听的。然后是中国城，据我所知，那里有曼哈顿唯一的一座佛教寺庙。接着拱到“九一一纪念馆”，拱过“三一教堂”，一直拱到哈德逊河边。到哈德逊河边，据说能看到自由女神，当然我只好花点钱，买一个摸摸了。

从自由女神身旁坐渡轮，可以到史坦顿岛，据说那是黑手党领导住的地方，好像小说《教父》里写过。码头上，有个动画人物商店，各类精灵魔法师妖怪，各种面具神魔用的武器，罗列在架子上，可以随便触摸，大多是美国土生土长的妖魔鬼怪，需要向老板询问，这个大头小身体是谁，那个长得猫头猫脑的又是谁？

竖着拱完，我们再横着拱。从第九大道、第八大道，一直到第一大道，一抬头，突然发现一个楼门外有好多人排队，上前一看，联合国！

忘了说酒了，一般超市没有烈酒，要去专门的小店，什么威士忌、龙舌兰、黑白朗姆都有。我抓紧学了个单词：Single Malt，单麦芽的意思。平常学英语可难了，这个单词一遍就记牢了。

再有就是琴了。我拥有美国产的Taylor、Gibson，也弹过Martin，都是世界名琴。但我最爱加拿大的Godin，原来有一把，多年随我奔波，老了出毛病了。这回来纽约信誓旦旦地要再买一把。没想到纽约琴行很少，比方整个曼哈顿，大概还不如北京交道口琴行多呢。好不容易在三十四街第八大道找到有这琴的琴行，爱不释手，只剩一把。弹了弹发现有点不对劲，一数琴弦原来有七根。工作人员说这琴是专门为人定做的，人家没来取。我踌躇再三，下决心买，弹七弦琴，也是一种自我挑战。

不仅是琴行少，书店也很少，我只发现在东村十二街，有个大书店，地下室卖唱片。黑胶很多且不贵。可惜对很多歌手不了解，没法尽情挑选，要是深圳旧天堂的阿飞来了就好了。

吃的呢，印象深的，有伊朗、阿富汗、古巴、墨西哥、意大利餐馆，更有兰州拉面、羊肉泡馍、云南米线。不过我吃了一圈，觉得日本餐馆性价比高，符合我口味，喜欢吃刺身喝烧酒清酒。圣诞节了，我还在纽约，第五大道靠近中央公园，有两个大教堂，其中圣托马斯教堂有一个唱诗班全世界有名，歌者皆为男声，高音声部用男孩，和声优美壮阔犹如天籁。在平安夜，我跟朋友歪打正着进了教堂，有幸聆听了彻夜的赞美诗，再次很受教育。

我开始读《麦田守望者》了。过去也读过，没啥印象，住在中央公园附近，读起来身临其境啊。我还很好奇地去公园找小说里写过的旋转木马，小说结尾他带妹妹去玩过，竟然让我找到了。孩子们排着队，买票咚咚咚地冲进场，音乐响起来木马转起来：依然是多年前的“ Jingle bells，jingle bells...”孩子总会再有，木马不会停止旋转。

不能总看严肃的古典音乐，吃素吃多了，也需要来点荤的。格林威治村，那好比我当初住的圆明园画家村。到那里，有种似曾相识感。当然，流浪者的艺术村，最终都会沦为中产阶级的798。

现在的格林威治包括东村，成了文艺老中青年们的消费场所，有个旅游网推荐的酒吧，号称纽约最好的，进去一听，全是翻唱摇滚金曲的，从平克·弗洛伊德到迈克尔·杰克逊，其中还穿插脱口秀，跟后海、三里屯相类似。

也有个老酒吧，专门演蓝调，门票很便宜，里面的歌手常是落魄的老蓝调艺人，背着吉他，忧伤地唱一晚。服务生，拿着写着“Tip”的圆桶，挨个桌子收钱，多少自便，这钱是给当晚表演的歌手的。像西安茶馆里唱秦腔，你觉得好听，给艺人台前挂一条绸子，表示赏五元钱。这里看演出的也多是中老年，一边听还一边合唱。不仅仅是怀旧，演出者水准很高。

要是不想花钱，可坐在华盛顿广场上，这边有一堆人演奏爵士乐，那边有个弹现代钢琴的，一个人旁若无人很陶醉地弹着；再往那边有个唱弗拉明戈的，很苦痛很绝情地跺着脚，水平有的比音乐厅酒吧里的艺术家还高。听得我一身身的冷汗，庆幸，多亏我生在中国了，要不然，在此间去地铁唱歌，都排不上号。知足啊，感恩呀，然后掏钱买了一张演出者的唱片。高兴得那个黑人蓝调音乐家，过来热情地跟我握手。

当然本人生来好强，雁过留名，咋说也要班门弄斧在纽约演一场。找到一个酒吧，老板是个中国通，在大理住过，大家一拍即合，演出时间、票价当场定下来。老板有个中国名字：李卫东。大理邻居韩湘宁老师帮我找了几家纽约媒体，大肆宣传，推波助澜。其实，就几天宣传时间，演出那天，来了一百五六十人，不错，人挺多的。台上的我唱了几首，一听台下都是乡音：老周，九月，老周，不会说话的爱情，云蓬，中国孩子。感觉回到了北京江湖成都小酒馆大理结庐。哎，机票钱算白花了。他乡遇故知，来此看演出的，有二十年前，在北大听我卖唱的女子；有某年某月某日晨，在杭州包子铺邂逅合影过的小伙子，重新对接恍如隔世。

纽约快住一个月了，也得给其他地方一些颜面，去了费城，那是美国的西安啊。到费城，我开始读《富兰克林传》，那儿到处都有他的痕迹。富兰克林是个永远年轻充满好奇心的孩子，不断地发明思考旅行，创办邮局救火队图书馆印刷所，终生辛勤工作，泽被费城颇多。他的家成了纪念馆，他的墓离家几条街，从生到死几步远。墓园的墙上写着：本杰明·富兰克林的遗体，印刷工（The Body of B. Franklin，Printer）。

爱伦·坡也住在费城，到他故居去的有很多小朋友，楼梯七拐八拐的，地下室墙上，还有那只黑猫的身影，看上去阴森森，挺能吓唬小孩子的。

接着去了华盛顿、波士顿。波士顿附近有瓦尔登湖。那本书读了很多年，一直没读完。下了火车，遇到一位女士，主动开车把我们带到湖边。深冬湖畔无人，阳光、冰雪，还有湖深处尚未结冰的湖水。远处的橡树林，一定有多种色彩流溢，我看不到，但是书里都写过。我在瓦尔登湖边坐在石头上，把那本书听完，后面几章写冬天的湖水，有关心灵疆域的远望。

一百多年了，感觉这里没啥变化，围着湖走，累了就弯腰触摸湖边的冰，风吹过，冰会窸窸窣窣地响几声，仿佛耳语。恰好我带了一瓶杰克·丹尼，是为了御寒的。乍一喝太烈了，正好这里有冰，我索性蹲下来，敲打没冻透的小冰块，放进酒里，喝下去甜甜的凉凉的，恍惚中梭罗现前。感谢，借你的眼睛，让我看见这静美。为此好湖山，当浮一大白。

到波士顿还有个理由，看看伯克利音乐学院，那是音乐人的朝圣地。结果不巧，学院放假，那就逛逛哈佛吧。哈佛老校区宛然一个热门的旅游景点，由于天贼冷，人很少。有个教学楼前立着一个塑像，是哈佛创办人，据说摸他的脚，可以学业精进，能考上北大，也未可知。路上偶遇一教堂，正要开始做弥撒，便坐下来静听。当天的弥撒是爵士乐风格的，指挥是个资深爵士音乐家，唱的曲子都是他自己谱写的。赞美诗原本是庄严的黑与白，现在变蓝了。在这样的圣歌中，上帝成了一位黑人。

海伦·凯勒，也在波士顿生活过，她就读的帕金斯学校，如今还在。那当然得去了，海伦·凯勒是我失明后的榜样，听她的故事如听神话。我立刻很应景地重读《假如给我三天光明》。有一阵子对这提问很反感，老有人假模假式地这样问我，我暗骂：你能真给我光明再说，否则闭嘴。但重读还是很感动，依然是神话，只是惋惜她没个幸福的爱情。做了伟大的人，没做成幸福的女人。

帕金斯盲校在波士顿郊区，遇到一位老师，带我们参观了学习自然生物的教学馆。里面有很多动物标本：熊、鹿、山羊，可触摸，跟真的一样，只是没呼吸。老师最后带我摸天鹅的长喙，说如果是活的，你可不敢这样对她。还有个巨大的地球仪，山川河流，凹凸有序，用手可感觉到地形地貌，那是海伦·凯勒曾触摸过的。这里要说明，海伦·凯勒的老师苏莉文是这个神话的书写者。

凡事讲究首尾呼应，要离开美国前，又回到纽约。依然满耳朵的警车救火车救护车的嘶吼声。

我完成了一首新歌，名字是《瓦尔登湖》。通过当地朋友找到一家老式卡带录音棚，都是手控的机械设备，旧的录音机，老式话筒，织布机一般的流动的磁带。我将这首新歌记录下来，用过去的方式，记住那个旧湖，歌里唱的悲欢离合，也是旧的。

如此这般，如我一个旧人，耳朵里的纽约，一点不摩登，走了一个多月，把这个国际大都市走旧了。

带上两瓶肯塔基威士忌，回去重温旧梦用得着。

感谢友人大方一路同行解说引领，感谢韩湘宁老师、纽约中文电视台的张斌先生和主持人谭琳女士，感谢促成演出的谢华锋、李卫东。

于大理

逆旅光阴

读《水浒传》，那么多的故事发生在客栈里，杀人越货、仇人相见，打得掌柜和店小二们鸡飞狗跳，上房厢房房倒屋塌。因为这些英雄或强盗们都是无家之人，满江湖地流窜，道路就是他们的命运，客栈就是他们暂时的家。

本人平生住过最早的旅店，是浙江义乌旁边的一个小镇上，叫廿三里的一个小旅馆，那时我七岁，老妈带我去上海治眼睛，无果。在医院里经人介绍，说浙江乡村有一位老中医如何神奇，就又转至义乌。廿三里小旅馆里住的几乎都是求医病号，老板是一个女的，但那时候不叫老板，叫什么我已经忘记了。她负责给每一个房间送暖水瓶，她还了解一些老中医的八卦。比方说她可以指点你给老中医送点儿什么礼物，老中医可以给你点儿好药。记得妈妈有一次向她请教完，就去买了两盒上海产的蛋糕。蛋糕很惊艳，圆圆的乳白色的，跟我见过的黑不溜秋、方头方脑的东北蛋糕不可同日而语。我那童年的口水啊，飞流直下三千尺。老妈看在眼里也心疼，我们就共谋作案，把蛋糕盒打开，每盒偷出两块，给我先吃了。确定没有毒，我们再送给老中医，结果老中医很高兴，给我们的药里加了熊胆和麝香。

我们的小旅馆前面有一条小河，河水齐膝深。人们可以踩着石头一蹦一跳地走到河对岸。下游还有一座小石桥，桥墩上雕刻着好看的花和奇奇怪怪的动物。我在铁西区根本没见过河，更别说这种漂漂亮亮的桥了。我经常下水玩儿，人们说这河里有血吸虫，但那时也不知道血吸虫是啥东西，只看到水里有鱼，没看到任何长了腿的虫子，所以也无从怕起。沿着河向上游走，水会越来越浅，走到最后，河床里铺满了大大小小的鹅卵石。捡石头很有乐趣，我喜欢捡那种手枪造型的，或者圆滚滚的像鸡蛋的，听说捡回去放到鸡窝里可以引得母鸡多下蛋。还有一种火石，撞到一起可以发出火花。我平生第一次见到萤火虫也是在这条河边，简直太稀奇了，像见到恐龙一样。晚上去抓萤火虫，把它们放到瓶子里，用纱布蒙住瓶口，捧在手里一亮一亮的，仿佛捧着一堆星星。

因为同病相怜，病友们相处得跟一家人似的，一起过春节、包饺子、放鞭炮。有一个年轻些的阿姨，陪着她丈夫来看病，她丈夫好像是一个退伍军人，那个阿姨估计是那个时代的文学女青年。晚上客栈里所有小孩都坐在她房间里听她讲故事，她讲的都是一些千金小姐、书生、状元情感纠纷之类的故事，估计是看了很多古代评话和戏曲，听得我们这些小小子、小丫头们心跳耳热，似懂非懂。有一次妈妈私下问我，小阿姨又给你们讲了什么故事啊，我说我就记得讲了一个小姐美貌无比，妈妈很不高兴，说以后小孩子家少听这种故事。当然她也会讲一些童话，记忆最深的是讲了马兰花的故事："马兰花，马兰花，风吹雨打都不怕，勤劳的人在说话，请你马上就开花。"这是呼唤马兰花的咒语，我还为它谱了曲。早晨起来站在河边一遍一遍地唱，那算是我的第一首原创歌曲。还有一位叔叔是我们沈阳的老乡，也是来治眼病的，他的女朋友在老家，每逢月圆他就坐在河边教我唱《敖包相会》，要偷偷地唱，那时这歌也算黄色歌曲。后来有一天他的女朋友千里迢迢来看他，整个旅馆像过年一样，大家一起去长途汽车站迎接。记得那个姑娘围了条纱巾，长什么样、穿啥衣服我都忘记了。客栈里也有婚外恋的，那个时候叫“搞破鞋”。一个甘肃的女子陪丈夫来看病，爱上了我们东北的病友，闹到最后他们眼睛也不看了，丈夫气呼呼带着全家回甘肃了。

看了半年多，熊胆呀，麝香呀，大家用药都差不多，没见谁的病奇迹般好转，老中医先自己撒手人寰了。他的儿子，子承父业，继续开药。但是大家觉得儿子没得到老子的真传，于是纷纷收拾行囊回转家乡，我们也最终回了东北。

少年时离家闯世界，最爱住的是澡堂子，两块钱，大池子里可以泡澡，然后裹上浴巾，有一张属于自己的床。等到澡堂子下班了，没有客人了你就可以在里面睡了。那时候我发现有一些长年住在澡堂子里的人，说不清他们从事什么职业，他们晚上会互相搓澡，高谈阔论，讲一些趣闻。所以，到一个地方只要住在澡堂里，就可以从他们那儿了解这个地方的风土人情。

我还睡过那种大通铺，那个也很便宜，一块钱一夜。十几个人挤在一铺大炕上，虱子臭虫共享。每回睡了一身虱子，一路风尘地回家，妈妈总要把换洗的衬衣放在锅里烧开水煮，有时还要加点儿敌敌畏或者消毒水，虱子的生命力实在太强大了。

后来到了北京卖唱挣了钱，街上捡了个女朋友，这时住店开始住单间了，生活质量有了个小小飞跃。记得一次在上海复旦大学旁边的胡同里住宿，好像是个街道委员会开的旅舍。上海大妈用一种警惕审视的目光打量我们："你们住一起有证件吗？有没有结婚登记证啊？"我们就编啊，说我们是兄妹，后来又加上是表兄妹，所以姓不一样，因为我眼睛不方便需要她照顾，所以住在一起，动机是高尚的。大妈会忽然闯进来换热水瓶或者清洗茶杯，找种种借口进行抽查，就怕我们成为失足青年，犯了错误。

还有一次，女友在杭州失踪了，只留下口信说住在文三路的某个旅馆里。那时候我们身上连 BP 机也没有。文三路上有近百家旅馆，几公里长，想找到她那简直是西湖捞针。可是呀，爱情的动力拥有十万马力。早晨我坐火车到了杭州，从文三路的路口第一家宾馆开始问起，因为住宿都是有姓名登记的，我想最笨也是最有效的办法就是挨家询问。我的程序是先向路人询问周围是否有招待所、旅舍、宾馆，或者买瓶水向小卖部的老板询问。有时要偏离主街拐进胡同，走进大院，穿过菜市场。有装空调、大厅里充满花露水味儿的高级宾馆，也有充满油烟味儿的家庭小旅馆。横向搜索无果，再回到主街继续向前，从早上搜索到下午，饥饿上火，疲倦但依然兴奋。下午还进入了两所学校，据说学校里有招待所，学生们听说后，煞是敬佩，就像见到了男版的孟姜女一样，热心地帮我寻找。一直找到天黑七八点了，都快绝望了，最终在一个小弄堂的小旅馆里打听到有这么一个姑娘住在这儿，不过出去找工作了，还没回来。当时激动得我坐在前台，端着水杯的手直哆嗦。

一般来说，旅馆的价钱越低，房间的隔音就越差，有时候睡在床上，全楼的各种声音都能听得到，闭目想象就像在观看3D立体电影。我判断一个房间是否合意主要靠鼻子，因为嗅觉方面往往不易掩盖，一个味道不好的房间，别的方面相应也会大打折扣。某次住上海青年旅馆，开门一闻，腥臊扑鼻，我要求换房，服务员不满地进来也闻了闻，解释说，这没啥，是外国人的味道，我们是国际青年旅馆！我还很不习惯住那种没有窗户的房间。某次广州住高层宾馆，大概二十多层，进房间排气扇呼呼响，味道尚可，可是周围全是墙，也有窗台也挂了窗帘，窗帘后面是画出来的窗户。想着自己身处在半空的石棺里，忐忑得一夜做噩梦。有的房间就是会让人做噩梦，尽管味道好光线足，但是睡梦中经常会出现凶杀、肢解尸体这种血淋淋的现场。在你之前，这床上不知睡过多少人，房间里发生过多少不为人知的事情，他们的残余信息储存进墙壁中、抽屉里、衣架上，它们会潜入你的梦境，当然你也可能会潜入未来者的梦境，有无数人还将继续睡上这张床。

某次失恋远遁，住在兰州某医院旁的宾馆里，夜晚总能听见医院里家属的嚎哭声，又有一个人死去了，住得人甚是凄凉。在西宁跟一个姑娘合住一个类似青年旅舍的房间，因是旅游淡季，房间里只有我们两人，晚上有喝醉的人在外面砸门，眼看锁头快断了，姑娘问怎么办，我们就把桌子、暖瓶、脸盆都顶在门上。后来突发奇想把我们住的上下床也推到门后，自己睡到上面，这下安全了，只不过一夜好几次梦见唐山大地震。

在那曲的草原宾馆，有牛粪的香气，有个服务员叫卓玛，昌都人，唱歌唱得特别好。我趁机说服她，咱们一起去拉萨组个乐队找个酒吧，我弹琴来你唱歌，收入保证比干服务员强得多，等锻炼一两年回北京，找个唱片公司签个约，那你就是韩红第二啊！卓玛还真有点动心了，想辞掉工作跟我浪迹天涯。这时，她师范学校的表姐突然杀了出来，这位表姐受过教育，十分了解人的居心叵测，正言厉色地跟卓玛说了一通藏语，卓玛就不跟我走了，只是在送我上长途车的时候，在车窗下唱了一首昌都民歌，歌声如烟，抟扶摇直上，歌声未完，车已开走。

在拉萨罗布林卡汽车总站旁边的某个旅馆，人们听说我是唱歌的，马上把我拉到一个房间开了个小联欢会，在座的还有两位坐台小姐，她们把这儿当家了，长期地住在这里，提供特殊服务。我们又喝酒又唱歌，谈人生谈理想，有点儿像大学里的同学会，以至于后来有一次喝多了，饱暖思淫欲，想找她们开展点儿别的业务都不好意思开口。

去桑耶寺的经历最为神奇，桑耶寺的气场强大，莲花生大师宝像庄严，威慑万物。第一次去那儿时我喜辩论爱怀疑，很狂妄。住宿的宾馆是在桑耶寺内，晚上餐厅里还放着流行音乐，我喝了两杯，借着酒劲向旁边的朋友发牢骚，这个地方太不净土，商业气氛太浓。睡在房间里赌气，大殿也不屑去朝拜，结果我随身带的硬盘录音机突然坏了，一路上录的大量西藏声音资料全部丢失。嘿！这把我气的！不晓得这是冥冥中的警示。过了几年，再去桑耶寺，历经世事，心已宁静许多，先沿着寺外的转经道转了一圈，转经筒的声音如流水洗心，头顶，倦鸟归巢，有节奏的扑打翅膀声清晰可闻。夜里睡不着想起白天喇嘛讲的收脚印故事：人们弥留之际，要把自己一生的脚印都收回到桑耶寺，因为这里是宇宙的中心。这时似乎真的听到一种持久的嗡嗡声，有点儿像六字真言的第一个音阶“嗡……”如风过山林，如地下河在幽暗中跋涉，或者像某种生物在长久的呼唤，神秘、深邃，但并不恐怖。死者的脚印四面八方地聚拢来，百川归海，满天的落叶纷纷扬扬，归于大地。

后来我去了香港、台湾。香港的大街上，人声鼎沸日夜不息，你会错觉，在这里没人会睡觉，时间紧购物忙，发呆打盹睡觉是反人类行为。在旺角，在西洋菜街，在重庆大厦，小宾馆如蜂巢，你躺进一个抽屉，略作休息，再冲向人群。抽屉虽小，五脏俱全，左一步，进卫生间了，前半步，上床了，退一步，撞到对屋的门框了。

台湾生活休闲，旅店要安逸些，它们有个更别致的名字：民宿。我在台东绿岛上住过一个民宿，老板娘晚上请我们吃生鱼片，他们吃这个，就跟我们吃煎饼果子一样，吃饱了，还带我们去黑暗的大海上裸泳。玩了几天，我们要走了，老板娘恋恋不舍，早晨，挎上小包，像个下决心离家出走的少女，要跟我们一路开车去台北。

而到了文青云集的丽江、大理，临时住人的地方叫客栈。坐在街边，你会常听到走过的人高谈阔论：我想拿一块地，开个客栈。丽江的客栈，那真是如火如荼，好几千家，口号都是发呆艳遇晒太阳，满街手鼓咚咚咚，是到了非洲么？一听歌：滴答滴滴答滴，你才恍然，这是丽江。大理的双廊，更是客栈森林，倒了建，建了再倒，千百家客栈拥挤向洱海，挤不上前排的，就见缝插针探头探脑地拥在后面，一年到头都在轰隆隆地建设拆迁，海景房睡梦里惊涛拍岸，房价要上千元，还得预订，拧开自来水管，流出的却是黄河水，泥沙俱下。

在我心里，最好的客栈是能安心的地方，忘了赶路，就想住下去，娶老板的女儿为妻，或者跟你前世的情缘狭路相逢，把客栈住成家。一代人凄凄惶惶，奔走在路上，无家别垂老别二婚别，人人屁股上长出了板凳，后背上长出了折叠床，就是头上长不出能遮风挡雨的屋顶。

我们住过的那些陌生的床，将连接成为踏板，渡我们上船过河。那些日夜赶路的人，晨起留下空床，洁净的肮脏的床今夜会有别人安睡。也许我们行走的意义就是为别人腾空一间房子，腾空十字路口、路边的石凳、树下的阴凉。最后我们死去，认真地扫除自己的异味、污渍，为后来者腾空一小块儿世界。

于大理

附：@周云蓬　2015 年 5 月 7 日 07:47 分微博

听酒店大堂播放的音乐，大概能知道它的星级。播放电子乐爵士乐，大于等于四星，播放欧美流行金曲，三星左右，播放港台 R&B 三星以下，播放广场舞旋律的，一百搞定，播放李志的，青旅四人间。

干燥明亮无处期许

冬天的拉萨，呼吸之间冷空气刮擦着鼻黏膜，大脑总是处于缺氧状态，有一点恍惚。

一

刚到两天，我举行了一场个人现场演出，唱了两三首歌，心跳开始加快了，感觉一口气只刚刚能唱一句，几个高音下来，心慌得要从嗓子眼里跳出来，然后是大脑缺氧，感觉舞台如梦幻泡影，赶快镇静心神，落下来，节省每一次呼吸，如履薄冰般一首一首地唱下去。中场休息，喝了一点威士忌加苏打水，下半场好多了，情绪都在音乐里，忘了高原反应。当晚唱了两个多小时，竟然比在平原唱的时间更久，想起那些千里迢迢磕一个等身头、口诵一遍六字真言的朝圣者，那需要什么样的体力！自己还是太虚弱，太矫情了。

二

化解高原反应的偏方是一大壶一大壶地喝酥油茶，在仓姑寺茶馆，我喝到了地道的三元一磅的酥油茶，一口一口地就像喝着液态的阳光，阳光照进身体内的幽暗、混沌，头脑开始明亮起来，血液金灿灿地流遍周身，喝酥油茶就是要跟这方高天厚土融成一体。茶馆里没有游客，都是当地人，他们会用蹩脚的汉语问我：你从哪里来？我脑子里转了一大圈，挑了一个最好的栖居地：我从大理来，那里的阳光明亮，跟拉萨不相上下。

仓姑寺是一个小而美的尼姑寺庙，供奉的是绿度母、白度母……我坐在坐垫上，正赶上她们吃午饭，她们吃饭很有仪式感，先吹法号再诵经，饭后接着诵经若干小时，有高音有低音，有调和的中音，就像若干水流汇聚一处，淙淙流逝。时间反倒静止下来，向着深处沉淀下去。

三

大昭寺都是川流不息来朝拜的藏民，看到长长的队列，估算一下要排到寺门需等待四五个小时，我根本没有勇气站到队尾，或者说没有时间没有耐心。我们的时间要用在哪儿？我们的时间跟他们的时间不一样。他们排在那儿，一小步一小步地向前挪，聊天、念经、唱歌，你感觉他们每个人都有无穷无尽的时间。

四

布达拉宫，要出示身份证，要安检，不能带打火机，不能带饮料，跟上飞机一样的待遇。布达拉宫，很多的殿宇关着门，就算开了门，我们也无从了解其间的曲折幽深。春节前的布达拉宫，喇嘛们忙着换上崭新的窗帘，大大小小的空房间，藏香弥漫，但目中空空，拉萨的阳光从窗上照进来，那也是空的，萧索、寂寞，照着佛像和唐卡。那些来自牧区的藏民，虫草卖完了，牛羊下山了，他们在布达拉宫外日夜不息地转着，好像是一个人，又好像是从不重复的众多人。

五

哲蚌寺空旷，天葬台空旷，羊卓雍措湖空旷，只有阳光取之不尽，用之不竭，毫不吝啬地满地满屋顶地流淌。又干又冷的大风代替夏日众多的游客，呼呼地吹过庭院和殿顶。羊湖结了冰，海拔六千米的高山上寒冷彻骨，只能匆匆地拍照，上车走人。冬天的拉萨，游客稀少的拉萨，接近本真的拉萨。

六

我们去乃东拉康村做客。由于前一阵尼木境内的车祸，那次有四十多位游客丧生，318 国道限速四十公里，办法很原始，先到一个检查站确定你的上路时间，到下一个检查站，如果车速超过四十公里提前到达了，那就超一分钟等十分钟，以作惩罚。我们慢悠悠地开车，偶尔在雅鲁藏布江边停上三五分钟，或者拍照，或者上厕所，一看表，哟，可以了，才敢驱车接近另一个检查站。

要拐过一个天葬台，开十几公里的土路，才能到达拉康村，村周围黄土绵延向远方的秃山，风一加大就成了沙尘暴。村子里每家都挂着国旗，也挂着经幡，晒着青稞、牦牛肉。村里的小孩满身满脸全是黄土，淳朴的小泥孩儿。他们带着我看圈里的猪，别的猪都被杀掉了，这头年龄小，还活着。看村里的寺庙，寺庙关门了，孩子们抢着：我给你叫人马上开门。不不不。我跨过一个水沟，孩子们齐声夸赞：你真厉害！我问有羊吗？孩子们马上说：等一下，我回家给你牵去。不不不。小的走累了，大的就抱着他。走到村口，他们说：前面不能走了，前面没有人了。我感觉这辈子如果必须要生孩子，我就生个藏族小孩，像他们这样的，又结实、又善良。

太阳下山了，我们围着烧牛粪的炉子烤火，喝酥油茶。晒干的牛粪真是个好东西，火旺，且无烟无味。喝完茶再喝青稞酒，据说村子里的小孩渴了不喝水，只灌上几大口青稞酒，下地干活的人，背上一大壶青稞酒，边干活边喝，一天都有气力。青稞酒头道最佳，微甜，绵密，酒上洒一点糌粑，口感更佳，就像一层浮雪，下面是甘甜的冰泉。通常，还剩半杯，主人就会殷勤地再为你填满。我闭着眼睛，感觉手里总是一杯喝不完的酒。直到猛然想起，厕所在寒风呼啸的户外，夜里，大热身子的，一遍一遍地从羊皮褥子里钻出来，到零下十几度的外面放水，那可不是个好滋味。晚了！后来的事情果然是这样发展的。

我们作为客人，又是茶又是酒的，家里的老阿妈手里可一直不闲着，搓羊毛，用梭子把羊毛捻成线，偶尔向火中添上牛粪，抽空休息了，就是一口一大碗青稞酒。第二天早上跟她道别，握了握她的手，那手粗得像树皮，她抚养了十个儿女，儿女们又繁衍了众多的后代，他们有的在拉萨，有的在日喀则，他们活得好好的。院子里只剩下奶牛、鸡、毛驴、山羊，供她继续劳碌。临上车时，她把糌粑洒在我们右肩上，那是祝远行人一路平安的意思，到哪儿都会有粮食，只有最地道的青稞酒，那是要回来喝的，拉萨的街头买不到。

于拉萨

音乐

《四月旧州》记

大理三月好风光，蝴蝶泉边好梳妆。按时令算，那是阳历的四月，满城满山的樱花开得又无耻又灿烂。不想总在北京活死人墓的地下室里，抽着烟红着眼，熬夜制作音乐，所以我的新唱片要在大理完成。二〇一三年四月，我跟制作人音乐家小河找到了苍山最后一峰云弄峰下的旧州村。

朋友提供给我们一个大院子，后有养鱼塘，前院草树摇曳。院子里面有座三层小楼，一楼睡觉，二楼喝茶，三楼就是我们的录音棚，该处有个好名字，叫“幸福起点线录音棚”。

我们不酗酒、不熬夜，每天跟小鸟一同起床。小河先诵经一小时，我在院子里伸胳臂伸腿地晨练，然后吃健康早点，九点开始工作，中午有个简短的小憩，下午两点继续工作，晚饭后去山上散步，顺便总结当日工作得失，晚上十一点前上床休息。我们像退休老干部一样地爱护身体，营造了一个绿色、环保、养生的健康录音氛围。

院子里有一名保安，负责我们的安全工作，它叫阿黄，它是一只短腿赶山狗，每做出一首新歌，我们先给他听，征求一下意见。

在工作中，小河老师纠正了我很多唱歌的技术问题。例如尾音抖、音准不到位、呼吸不流畅，一首歌有时候要反复唱好几十遍才能达到他的要求。让我感到跟小河一起工作就像跟高手练剑，能耐噌噌地长。

大理的音乐同道们经常带上酒来村里探班。本着雁过拔毛的精神，每个人来了都得为新唱片留下一两根羽毛。歌曲《暗香》里有杨一疏影横斜的尺八，《林昭在狱中给母亲的信》有欢庆长吁短叹的箫声，野孩子乐队参与了最后狂欢般的露天录音，大家坐在院子里喝酒烤羊肉，小河抱着中阮，张佺是吉他里里，张玮玮当然是忧伤的手风琴了，郭龙手鼓，杨一尺八，欢庆口弦，十八般兵器，各展其能，大家一起反复合唱我的《散场曲》："找个大排档，一杯一杯到天亮。"露天录音有风声有鸡鸣狗吠，随意性很强，偶有人天相应的刹那，记录下来，那就是难得的宝贝。

在这个唱片业的末法时代，我们感觉到，录制唱片时抓住一闪而逝的好感觉，比事后所谓的高保真混音效果更重要。

既然唱片不好卖，既然还要录唱片，那就要在录音中得到真正的快乐，让每一次录音都成为一场闭关修炼。不是掏空心思，而是吸纳储备，像田鼠在冬天储存粮食。经过十天的工作，我们红光满面地完成了新唱片的录制。这是一个降生在大理的孩子，我们给它就地取名，叫做《四月旧州》。

其中有一首挽歌属于我的亲人，我父亲二〇一三年八月十七日去世，他是一个拥有几十年工龄的沈阳铁西区响当当的工人，车钳铣刨样样精通。他年轻时自己买图纸为家里组装过黑白电视机，为我装过落地式音响，我少年时听到的重低音版本的《流浪者》《大篷车》插曲都来自于此。很遗憾老爸没有看过我的现场演出。北方的爸爸们是威严的，他无论心里对你多么柔软，但是脸上的那副铁面具是无论如何摘不下来的。他矜持着还没有来得及分享我的荣誉就躺下了，几年辗转病榻，听也听不见，说也说不清。去年在遥远的云南我总梦见他，梦里的他很年轻，三十多岁，板着脸，皱着眉，筋骨强壮，让我心生畏惧，可能他在长久的弥留中还想着我，千山万水地感应过来。想起他年轻时支撑全家的开销，老妈带我四处求医看眼病，每个月收到他从沈阳寄来的汇款和全国粮票，这些好处在后来与他的对峙中都选择性地遗忘了。一朝没了老爸，这下子可掀开房盖了，满眼星月，天风透骨寒，忽然意识到：自己也要老了，跟死亡不再有隔断。新唱片里的《安魂曲》献给他，愿他能往生西方净土。

《四月旧州》这个大理的孩子，孕于四月，生于四月，怀胎一年。前几天我还催小河：快点完成混音工作，我马上就要巡演了，不能现场没个卖啊。小河答曰：每一首歌完成后都要冷却几天再听再改，不能急啊。他最后承诺清明节一定把孩子好胳臂好腿地抱回来。后面就轮到我了，带着乐队上路，一个城市一个城市地演下去，唱着歌，开始幸福的“卖儿卖女”的新生活。

于大理

二〇一四年耳听是虚

二〇一四年，我作为歌手哇里哇啦地尽忙着到处唱了，静下来听唱片的时候并不很多。我下面要提到的大多是熟人音乐。井底之蛙且聒噪几句。

左小祖咒新出的《我们需要个歌手》，算是一个音乐事件。左小本身在于创造各种事件。新唱片里，他跟黄耀明、陈珊妮都有合作。左小骨子里是一个倔强地走进时代荒诞幽暗深处的人，他的荒腔走板、不屑以及深处的悲悯，总有着扎扎实实的现实感。

小河一直在忙着他的精神生活。二〇一四年爆发性地出了一套五张装唱片：《小河配乐作品集 2006—2013》，是电影配乐的合集。音乐里有好多孩子般的童趣。他的中阮，那种古朴粗砺的中国音已经跟他的音乐融为一体。年底的时候，小河搞了一次十城市的小规模巡演。他的标语是“偏不唱忧伤的歌”。南京的巫婆，一个资深的民谣观察家，看完小河义乌的现场，高调评价：“小河依然是民谣界现场感最好的音乐家。”

“腰乐队”今年出了张新唱片——《相见恨晚》，对周围的音乐人震动很大。“腰”这个乐队住在云南的昭通，低调得甚至有些固执。他们很少出来演出，对自己的唱片算是零宣传了。记得某年“丽江雪山音乐节”邀请他们，就因为音乐节里有一些他们不喜欢的偏流行的乐队，他们就拒绝参加了，颇有不为五斗米折腰的隐士精神。整个专辑听下来，我感觉情感上可以打八九分，后期的处理上略显粗糙，比方说人声比较模糊，有些音不太精准。也算是小瑕疵吧。

莫西子诗的新唱片《原野》颇受关注，俨然是今年最好的民谣唱片。其实莫西跟窦唯也有多年的合作，是一个很资深的彝族音乐人。只不过从仙道归回红尘，乍看是脱颖而出，其实是生长多年。唱片里我最喜欢的歌是《妈妈的歌谣》，就是那种具体地，结结实实地唱出一段好旋律。别的歌略觉用力稍猛，身份意识强了点。我更偏好那种写人鱼龙混杂，写江河泥沙俱下的音乐，穿过复杂寻找到单纯。

我的大理邻居“野孩子乐队”，推出了一张现场排练录音专辑《平等路》。野孩子的排练简直令人发指。一个礼拜排六天，每天四个小时。他们的排练更是一种团体性的修行。这张专辑录制于大理平等路的一个小院子里。大理还有一个博爱路，就差个“自由”了。我们听到的是没有经过录音棚加工，是来自户外的野孩子，音乐上还覆盖着一层阳光的暖意。里面都是野孩子的老歌，重新翻唱。但是时过境迁，这里不是西北，这里是云南。翻唱得最打动我的是《消失》，“一切都会永远消失”。隐约的无常感和乡愁取代了“远方的天空总是那么的蓝”。唱片里别的歌，严谨得略显拘谨。

“舌头”复出也是今年的一个音乐大事件。他们新出的唱片跟野孩子相似，大多为老歌新唱。是不是人到了一定海拔，每一个小上升都是步履维艰的。他们的《妈妈一起飞吧，妈妈一起摇滚吧》，像一首吟唱的哥特式的摇滚长诗。他们也是那种不绕着走，要列队横穿时代深处的乐队。“不毛之地，高楼林立。流亡之处，灯红酒绿”，那是属于我们中国人的日常生活。唱出来也就是一种看见。希望来年“野孩子”和“舌头”克服高原反应，再上几个陡坡。

去年我看过的印象深刻的好现场，有“苏州迷笛音乐节”上的“宋雨喆和大忘杠乐队”。雨喆深爱西藏密宗，但他的音乐很难以某种民族的模式来限定。经过多年欧洲游历，乐队更加通畅圆融了。那天舞台上算他自己有八九位音乐家，肤色不同，各种稀奇古怪的乐器，有众多音乐元素，团结在宋雨喆歌词的周围，他的歌词写得非常好，把舞台统一成了一个国际纵队。

广州“彼岸花开音乐节”上的“与人乐队”，他们乐队成员在杭州都有固定的职业，是偶尔出来玩票的音乐人，对于市场没有很强的功利心。他们唱“杭州著名主持人万峰”，唱“雷峰塔跟白蛇”，他们的幽默是黑得不见底的幽默。主唱鲁大东本身是美术学院教书法的老师，舞台上疯狂得跟“顶楼马戏团”似的。

二〇一五年期待万晓利的唱片能够顺利出版。他都纠结好几年了。录了毁毁了录，希望别再难产了。也想听听他到底要做成个什么样的唱片。酝酿这么久，是不是要生出个宇宙真理啊。

二〇一四年胡德夫老师，唱片《芬芳的山谷》也录制完毕了。巅峰人物是前进，是拐弯，还是下滑，作为旁听者，很有兴趣洗耳恭听。

还有就是陈永淘的新唱片，早年听他的《风平浪静》真是飘飘荡荡，自由自在啊，期待这位民谣隐士能再度出山。

至于在下，自我褒贬都有些矫情，还是“但做好音乐，莫问前程”吧。

于泰国苏梅岛

最最遥远的路
——胡德夫老师访谈记

访谈前言

胡德夫，一位台湾地区殿堂级民歌手，出了他的第三张个人唱片《芬芳的山谷》，相比之前两张唱片《匆匆》《大武山蓝调》，《芬芳的山谷》更加温情内省，里面有怀念母亲的《芬芳的山谷》，有致敬老友李泰祥的《橄榄树》和《答案》，有与星云大师合作的《流星》，还有卑南语史诗作品《大地恍神的孩子》。他唱的《美丽岛》《大武山美丽的妈妈》《太平洋的风》成为民谣新的里程碑，胡德夫这个名字也成了文艺青年心目中标杆式的人物，意味着黄钟大吕、热爱自然、关心民间疾苦、磊落向上、大丈夫气。

牛背上的小孩

太平洋的风吹白了歌者的头发，吹得钢琴键黑白翻涌，我听到胡德夫老师的歌的时候他已经年过半百了：

温暖柔和的朝阳

悄悄走进东部的草原

山仍好梦　草原静静

等着那早来到的牧童

少年乡情的吟咏要经过许多光年才会到达远方人的耳朵里。

周：您的歌里经常出现大武山，能不能讲讲大武山，您在那里曾经有怎样的生活？

胡：我出生在台东海边的一个港口也就是成功渔港，当时我父亲在那里任职，不到三岁就全家搬到大武山中的排湾族嘉兰部落KA-ALUWAN。在大武山中的那段童年是我记忆中最美的时光，那是一个满山月桃花和飞舞的蝴蝶的地方，溪谷中也经常披着彩虹，那是一个无忧无虑的快乐的童年。

周：您说您小时候还放过牛，在放牛的时候您唱什么歌，小时候唱歌得到过肯定和鼓励吗？后来您创作的《牛背上的小孩》和那段生活有什么关系？

胡：其实小时候我很少唱歌，可能是因为住在排湾族部落里吧，会唱歌的人真的很多，所以当时害羞的我很少开口，直到我到台北淡江中学读书后，在外国音乐老师的教导下才开始唱歌。记忆中放牛的时候最常做的事情就是看着天上的苍鹰，学苍鹰的叫声，或是学着当时很流行的漫画书中的主角，把牛当作坐骑在山里四处玩耍。后来在台大读书去咖啡店驻唱的时候受到李双泽的鼓励，才把这段童年的回忆写入歌里，写了《牛背上的小孩》这首歌曲。

周：您的哥哥是双目失明的视障人，在童年他对您有什么影响和启蒙？

胡：我的大哥是促成我离开家乡到台北读书的人，也是我读书的启蒙人，小时候因为大哥失明的缘故，当时才读小学的我就常常被他要求念书给他听，所以每天念书、念《圣经》给大哥听变成我的功课之一，会离开家乡也是大哥到台北治疗眼睛时，在马偕医院听闻淡江中学有给原住民小孩的公费奖学金名额，因此小学六年级时他帮我报名带我去考试，也在他与父亲的坚持下，我才踏上外出求学的旅程。

周：您的父亲是卑南族，您经常用卑南语来吟咏山海，能不能介绍一下卑南族现在的生存状况？

胡：虽然我的父亲是卑南族，但我们全家是住在我母亲母系排湾族的部落里，能够说卑南语与排湾语的我，更多是受到妈妈的影响，记得她常常跟我们说不要忘记自己是从哪里来的，要我们不要忘记自己的语言与文化。小时候我们在外跟部落里的其他人讲排湾语，回到家里讲卑南语，上学讲汉语，从小就是三语都学。卑南族的人口数不算多，但是一直是分布在台东比较富庶的平地部落里，我们家住在比较山区的排湾部落，算是比较特殊的情况。

周：您是在淡江中学上学时学的钢琴吗？在那里您受到怎样的教育？您的校长陈泗治曾经给您怎样的启迪？

胡：说来惭愧，我的钢琴算是半路出家自学而来的，小时候在嘉兰部落的小学里有一台风琴，从小对音乐有兴趣的我就不时会去摸摸那台风琴，并请当时负责司琴的学姐教我。在淡江中学的时候，因为是拿奖学金就读的清寒学生，学校工读安排我打扫琴房，所以经常借着打扫琴房的机会跟同学借时间自己摸索。音乐跟英文的养成真的非常感谢陈校长，还有校长从国外请来的音乐老师。记得那时候校长每周都会集合两千多名学生齐聚礼堂，指挥我们学唱歌。第一次见到那么多的人，我很震撼，看着亲自弹琴领大家歌唱的校长，我想着，有一天要成为那样的人。后来一方面在校长的鼓励下，另一方面，当时来自国外的音乐老师把包含我在内的四个原住民学生组成四重唱，教我们唱一些黑人灵歌、蓝调、西洋民歌、民谣、基督教福音歌曲……从此启发了我对音乐的方向。

周：您曾经写过一首回忆初恋的歌曲《枫叶》，这片叶子后面有什么惊心动魄的初恋故事？

胡：这是我高中时期谱写的一首情歌，也是我作品里唯一的一首情歌。那是高中时的一个暗恋的故事："她缓缓走下阶梯，抱着书，裙摆飘逸，枫叶翻飞啊……我常常在长梯下故意看书，却是在等她经过。"

那时我高中，学妹在初中部，后来初中毕业后，学妹考上其他高中离开淡水，我们就再也没有联络了。其实我们连手都没牵过，可能因为当时年轻的纯纯的爱是那么的美好，这样的情怀带给我无限美丽的回忆。

美丽的稻穗

丰收了，却没有人，大地如此荒凉。人们怀抱粮食呼唤和平，敬拜祖神，为死者招魂。胡德夫找到了属于自己的蓝调，一支旋律涌起坠落再涌起，仿佛太平洋千万年冲击海岸的波涛。哪里有善男子善女子的哭泣，哪里就有蓝调暗黑的土壤。

周：您的音乐里除了原住民的部落灵魂之外，还有流动的布鲁斯元素，您是什么时候开始接受这部分西洋音乐的？当年您在咖啡馆唱的都是什么歌曲，当时常去听歌的都是哪些人？那时候能靠唱歌的收入养活自己吗？

胡：对于蓝调音乐的熏陶是来自淡江中学求学的那段时间，音乐老师跟修女常常教我们唱一些黑人灵歌、蓝调歌曲，其实等到年纪大一点才发现，蓝调的元素是存在于血液之中的，蓝调音乐的形式与我们排湾族有上千年传统的咏叹非常类似，那是一个简短乐句透过不同的情感不断反复地咏叹，我也常说我们排湾族的咏叹是深蓝调。

当时我在咖啡厅的一个角落里弹吉他唱歌，因为在当年那是少数可以喝咖啡又不太会清场打扰的空间，慢慢地演变成为当时的文艺人士汇集的地方，名画家席德进画着素描，国画家张杰则挥毫画荷花，知名歌手与主持人洪小乔埋首整理歌谱，当时还没成名的女演员（胡茵梦）、云门舞集的林怀民、逃学来的张艾嘉，还有一堆文艺界的朋友，当然也包括李双泽、杨弦、侯德健……

那段时间我同时打三份工筹措我父亲的医药费，白天去纺织公司当英文秘书，晚上除了唱歌，还去一家铁板烧餐厅打工，学业也就这样荒废了。但是也因此意外地走上了歌手与创作的路。

周：李双泽是个怎样的人？为什么要发起“唱自己的歌”运动？您第一次唱《美丽的稻穗》是在什么情景下？《美丽的稻穗》是有关丰收的歌吗？

胡：李双泽应该是个先知吧：印象中某个夏日，李双泽那时已经连续来了好多次咖啡厅听我唱歌，他走到小舞台面前对我说：“你有歌吗？听说你是卑南族的，不然你唱一首卑南族的歌给我们听嘛！”当时根本不会唱的我不知如何应对，李双泽见我一时反应不过来，抓起他的吉他说：“我是河洛人，不然我先唱一两首我们的歌给你听好了。”李双泽唱了民谣歌手陈达故乡的闽南语歌《思想起》之后，他说换你了。我想起爸爸每次喝酒后常常会哼唱的那首，他同学陆森宝创作的卑南民谣，凭着印象虽然唱不全，但也就硬着头皮蒙混过关，这就是第一次唱《美丽的稻穗》的那个场景。歌声一停，全场起立鼓掌。

怎么唱自己的歌会引起这么大的回响？当时驻唱才一阵子的我，很少有这样大的回响，而李双泽说，原来我们有歌啊！似乎这一天我们心里都有了答案，唱自己的歌啊！于是之后我就在李双泽的鼓励下写了《牛背上的小孩》《大武山》……这些歌曲。而李双泽也写了《少年中国》《老鼓手》，后来杨弦也加入写了余光中的诗《乡愁四韵》，就这样彼此交流开始唱自己的歌。一九七三年李双泽在国际学舍帮我规划了“美丽的稻穗”演唱会，那次我除了唱自己的歌，也帮李双泽跟杨弦发表他们的作品，像是《少年中国》《老鼓手》《乡愁四韵》……就这样我们不知不觉地走入了一个新的歌的时代，后来演变成校园民歌的风潮。

《美丽的稻穗》其实是一首思念与反战的歌曲，陆森宝创作的当时正是金门炮战的时候，他见到族里大部分的男丁都被征招去了前线，大意上是说：田里的稻子开满了花，如此的美丽，遥寄给在金门的你们，希望你们可以早日回家，一起看到这个景象……是丰收，也是思念，更是遥寄给远方的亲人啊。

美丽岛

隐秘、美好的山和水，最终总会遭遇人，要连累它们为人注目，为人流淌，河流无法绕过人群流入大海，歌唱者要穿过政治、社会、纷争，在其间修正道路、扶起同类、携家带口，回到故乡。

周：您的音乐不光可以陶冶心灵，也曾推动了台湾地区社会的进步，在参加社会运动、争取族权行动中，有什么让您难忘的往事？曾经和您一起歌唱的杨祖珺在您的记忆里留下了怎样的印象？

胡：一九八四年六月位于土城的海山煤矿发生灾变，当我跟朋友们得知后就冲去现场救灾帮忙，当时看到很多死难的人都是我们原住民的同胞，而他们饱受雇主歧视性的待遇，获得的赔偿不到汉人的一半，有的甚至连基本的社会保险都没有。那时候淡江中学陈泗治校长的话在我脑中回荡："到底出了什么问题？"于是我写了《为什么？》。那场灾变中看到的一具具从矿坑抬出来的布满尘土的尸体与受伤的人们，让我非常震撼，也是让我更坚定要推动原住民平等权利的运动。

那段时间只要跟我沾上关系的人都会倒霉，被当局刁难，所以我就跟许多朋友渐渐地疏远了，因为不想连累他们，而跟我一样冲动的杨祖珺就成了彼此支持的好友。天地之大，哪里有人我们就唱到哪里，唱给工人听，唱给农民听，大地就成了我们唱歌的舞台。

周：歌曲《美丽岛》跟历史上的"美丽岛"事件有什么关系？看《美丽岛》歌词，它是一首吟咏人与自然的山水牧歌，怎么就成为了一首具有政治倾向的歌了呢。

胡：其实这首歌曲是李双泽的遗作，是一首很单纯颂赞大地的歌曲，一九七七年那年在李双泽的遗物里面发现了一卷录音带还有歌谱，于是我跟杨祖珺漏夜整理，隔天在他的告别式里一起演唱为他送别。

至于被贴上政治标签那是之后的事情，一九七九年一群当时不见容于国民党的异议分子用"美丽岛"这个名字创立《美丽岛》杂志……之后发生了"美丽岛事件"，自此这首歌曲也就被贴上了政治的标签。

但是这一切都跟这首歌曲的原意不同，这首歌曲的原意是很单纯地颂赞大地，赞美我们故乡的一首歌曲。而歌是世界上最纯净的，没有任何党派或是政治色彩。

周：在解禁前，您的演出曾经受到过封杀和打压，有何惊险的歌唱经历？

胡：那段时间其实被警方盯梢、拔电刁难这一类的事情很多，有一阵子走到哪里都有人跟着，惊险事情真的不少，但是比较特别的记忆是我后来听朋友转述，才知道当时也有人到老家威胁利诱我妈妈，想要用一大笔钱收买她，要我母亲叫我不要再搞原住民平权运动了。我妈妈跟那个人说："我的孩子是我用芋头、地瓜、小米养大的，我不需要你们的钱。"于是当那个人威逼说如果不从就要把我关进绿岛监狱时，我妈妈回应他："我的孩子在外面我一年见不到一两次，你把他关在那边最好，这样我就能够每天从山上看到绿岛，我好久都看不到我的孩子了。"而他们后来也就知难而退了。

芬芳的山谷

歌者老去，母亲在土地里仍然年轻，一个眼神就可以指引游子的方向。母亲睡成了一泓泉眼，睡成了大武山，睡成了整个记忆中的故乡。凭借五十年野马尘埃的歌唱，大武山的鹰越飞越远。大陆上有更多更高的山等待飞跃，但是母亲睡梦中的一个眼神就可以把他拉回。垂天的羽翼收拢，一片月桃花瓣飘回家。

周：《芬芳的山谷》这首歌是写给您母亲的，还有《脐带》也是写母亲的，您母亲是位怎样的人？她听过您的演唱会吗？

胡：我的母亲是一个非常有语言天分的人，我可能遗传到她这方面的天分，所以对于语言特别有兴趣。在我眼中她当然是一位独一无二的伟大女性，也是在我背后支持的力量。她总是用眼神给我鼓励、叮咛，甚至是责难，基本上有时候她根本不用说话，只要一个眼神就可以让我得到力量。

《芬芳的山谷》原本是写给我母亲的一首歌曲，但是一直没有完成。二〇〇〇年她过世的时候我写了歌曲中的几个段落，在她的告别式上送给她，之后就放着，直到二〇一四年才正式整理修改完成了这首歌曲。这首歌是写我的母亲，也是写我的故乡，当然也是写大地，都是孕育我们与滋养我们的母亲。而《脐带》则是写我的母亲，以及与亲情的牵绊。

周：二〇一四年一月李泰祥先生去世，能不能谈谈您印象里的李泰祥老师？在李老师众多佳作中，为什么选择翻唱《橄榄树》和《答案》放在新唱片中？

胡：李双泽让我们相信，“我们可以在最荒芜的土地上种歌”。而李泰祥则是从古典音乐殿堂下来关怀民谣、校园民歌的重要推手。李泰祥老师的父亲跟我父亲是高中同学，而我则是在跟万沙浪组潮流乐团时认识他的，那时候他是我们音乐上的指导老师。而后不论是在咖啡厅驻唱或是在民歌创作上，我们都经常一起交流。关于这两首歌曲，我依稀记得当年在他家，他还在谱曲构思时，我坐在他家客厅钢琴上看着手稿的景象。当时我们还曾经一起哼唱过这首歌曲，而每次到了句末我们总情不自禁地把橄榄树唱成槟榔树，对啊！我这辈子还搞不太清楚橄榄树长什么样子，但是槟榔树那真的是我跟他这两个台东子弟的乡愁啊。

二〇一四年初李老师过世，所以我特别想以这首歌来纪念他，而《答案》则是呼应我自己的另一首创作《流星》，似乎这两首歌曲冥冥中就应该放在一起啊，希望在这短促的人生中我们都能找到答案。

周：这次《芬芳的山谷》专辑收录一首长达十一分钟史诗级的用卑南母语创作的《大地恍神的孩子》，这首歌有具体的戏剧情节吗，它的史诗性是怎样表现出来的？

胡：《大地恍神的孩子》是我首度以卑南语完成的音乐剧格局的创作。全曲行进中琴声与人声交会撞击，由荒冷晃游到失魂呐喊，由幽暗哽咽到灿亮醒悟，录音的时候完全是一气呵成。

《大地恍神的孩子》全曲十一分钟，有六段歌词，开头从我小时候开始讲起，如何从山谷跟着哥哥，辗转来到都市，而后又搭着火车来到台北，之后开始在都市中恍游数十年，直到有一天我做了一个梦，梦中祖先们来看我，她们看我似乎惊慌痛苦，于是叫我歇息叫我不要再挣扎了、不要再乱冲了，要我找回来时的路。梦醒来后恍然大悟，决定回到家乡，那舒适的阴凉的风口处。

《大地恍神的孩子》的这个名字是呼应我们卑南族的人生观，我的母亲是继承卑南族部落巫师的地位，她常常会用很多故事告诉我们关于卑南、排湾族的传说，让我们了解自己族里的历史与人生观。记得有一个故事是这样说的，造物主就是把我们放在这里恍游一下，等到时间到了就回去了。而这首歌曲也是我第一次，全部以卑南语表达，完成这首长达十一分钟的叙事性的母语创作。而它似乎也是我人生的缩影与写照。

周：您在台东开了一个牛肉面馆，生意怎么样？是您亲自在经营吗？一碗面多少钱？台东遍地是您的亲友，有赊账或不买单的人吗？

胡："喜来东牛肉面店"生意还可以，是我太太在经营的，我没事也会到店里坐坐，其实店里除了牛肉面也有鸡肉饭、割包等台湾小吃，东西都是纯天然精炖的，招牌牛肉面的套餐比较高价一点，但是其他的菜则跟坊间差不多，店里也放着我的平台钢琴，没事下午我也会去店里练琴。我们原住民是很爱好分享的，其实不会有不买单的人，是我太太比较怕我乱请客。

最最遥远的路

明天以及未来是最最遥远的路，大大小小的舞台是最最遥远的路，不断邂逅热爱你的人是最最遥远的路，少喝酒多游泳血压正常血糖稳定是最最遥远的路，汲取母亲的泉水分给口渴的路人是最最遥远的路，活到老唱到老是最最遥远的路。

周：这里的歌迷对您的音乐也十分喜爱，您感觉听您音乐的孩子们精神状态有什么不同。到现在为止，您比较喜欢哪些城市？

胡：感觉这里的年轻孩子很专注，对于喜欢的歌曲会投入很多心力去研究，而台北的歌迷可能因为吸引他们的事务比较多，则显得没有那么专注。不过两边的歌迷都一样很热情。

其实大陆虽然去过很多趟，但是很多地方都还没去过，总觉得每个城市有不同的面貌，像是杭州、上海、广州、成都、重庆、昆明、长沙我都很喜欢。另外，我也很期待可以有机会去见见很多我没见过的地方，相信会有不同的感受。

周：新唱片发行后，有什么巡演有计划吗，能否去大学做讲座，大学生们对于您的音乐更热爱，但是多数学生少有机会去现场？

胡：二〇一五年正在计划《芬芳的山谷》的新巡演计划，希望可以有机会到不同的地方去走走，听经纪人跟演唱会的制作人说，广州、重庆、成都、上海、北京都有计划要去，但是也希望可以去去其他的城市跟当地的人们交流。

二〇〇六年在北大的百年讲堂演出感觉很特别，去年底也在广州大学城做讲座，跟学生们交流。希望未来可以有更多机会能够跟大学生们多多接触，多办一些相关的讲座，多听听年轻人的感想应该可以让我有更多的灵感吧。

周：您曾想把您传奇的生活写成一本书吗，半个世纪的台北，一个歌唱者的见证？

胡：我总觉得过去这五十年我在台北遇见了一个时代，也遇见了许多精彩的人物，希望有机会把一九六二到二〇一二年我搬回台东的这段时间，这五十年的点滴写成一本书，看见这个时代的转变也看见许许多多的人的故事，目前正在着手写大纲，希望未来能够把它完成。

周：有机会来大理喝木瓜酒吧，在苍山洱海间放上您的钢琴，搞一个“彩云之南胡德夫露天音乐会”？让大武山的鹰飞到苍山来。

胡：那是一定要的，也期待今年可以跟云蓬有机会一起到处走走唱唱，苍山洱海那当然是一定要再度造访的。

于大理

妈妈一起摇滚吧

——舌头乐队复来归

二十世纪末的北京树村，云集了近百个地下乐队，那真是旗帆招展、山头林立，其中最大的一面旗当属舌头乐队。

舌头乐队入住树村最早，成员实力平均，都是巅峰级别的乐器大行家。他们比硬核更硬、比金属更快、比朋克更凶猛。除了排练外，他们沉默地住在树村一角，那儿就成了树村的峰顶。那时我也住树村，经常听周围人议论：明天舌头排练，能有机会看看吗？舌头的吴吞昨天又说啥啥了……当时舌头最让人难忘的一场演出是在五道口旁边的“开心乐园”，这几个新疆壮汉在台上披着雨衣，当把全场的火烧到最旺的时候，一起脱掉雨衣，身上是赤条条上下无牵挂，可以想象当时台下的人看到这一幕会是多疯狂。那是遒劲有力的舌头，放肆的勇于争斗的舌头。

舌头不光音乐凶猛，打架也是一流。一次一个新疆歌手在北京的某个酒吧唱了几个月，老板没给结钱，他找到舌头乐队申冤，舌头乐队集体出动，替朋友向老板讨薪。老板叫了十几个黑社会，拿着大刀小刀地叫嚣：灭你丫的，把舌头乐队团团围住，乐队的主音吉他朱小龙是新疆足球队的，贝斯吴俊德是新疆拳击队的，主唱吴吞精于铁头功，几个人背靠背，头手脚配合默契，就像一场精彩的演出一样，把围攻的十几个人打得是刀枪入库、满地翻滚。这成为树村的一段永久传奇。

后来树村风流云散，天罡地煞星们，有的逃向了通县，有的心灰意冷回到家乡。到二〇〇六年的时候，我才又见到吴吞，他说二〇〇七年是他们乐队组建十周年，他很有诚意地邀请我参加十周年纪念演出。记得当时是在亚运村“无名高地”的门口，吴吞还请我喝了一瓶“小二”，说比较喜欢听我唱歌。受得吞哥一赞，胜过千人溢美。等到二〇〇七年，他们的纪念演出也没消息了，江湖盛传舌头乐队解散了，很多人都惋惜不已。

再后来吴吞买了一把“马丁”民谣琴，开始在舞台上一个人弹唱。用吴吞自己的话讲：谢谢民谣赏碗饭吃。吴吞弹民谣吉他依然是裂石穿云，感觉木吉他弱不禁风，在他手里瞬间就要粉碎了。当时我发起了帮助贫困盲童的计划，要制作一张公益专辑《红色推土机》，向吴吞求歌，没想到吴吞比民谣更民谣范儿，唱了一首《时候到溜》：“……不管明天刮不刮风，下不下雨，小燕子都要从窝里飞出去，时候已经到溜……”这首歌温暖淡远，吴吞像个夕光中坐在村头大树下的老农，守候孩子们晚归，谁也不知道他曾那么凶猛，如刀如剑。凑巧的是，舌头乐队的贝斯手吴俊德也柔和起来，他为《红色推土机》录制了一首《摇篮曲》，是唱给他刚出生的女儿的。那时吴俊德组建了“旅行者乐团”，乐风偏向中亚草原，歌词多写山川河流、敬畏自然；鼓手李旦给“杭盖乐队”打鼓去了；主音吉他朱小龙去法国了；键盘郭大刚搞电子乐去了。朋友们都铁定地认为"舌头"善终了，燃烧了这么多年也该过过自己的小日子，人之常情啊。

吴吞还像个独行侠一样，在民谣的道路上踽踽独行，他渐渐展现出他的另一面——慈悲、冷静、温暖地反讽。他写了很多荒诞的像寓言一样的歌曲，比如《一场白日梦》《猫和老鼠》，正当我们以为吴吞后半辈子都要跟我们一个民谣饭碗里抢饭呢，忽然传出消息，舌头乐队要重出江湖了。朱小龙从法国匆匆而回，吴俊德退出了"旅行者乐团"，经过一次次的大会小会，众多舌头乐友推波助澜，他们终于在丽江开始重新排练了，每个人带着自己不同的生活重新汇聚在一起。"不毛之地已高楼林立 / 流亡之处已灯红酒绿。"十几年了，当年听他们歌的人都老了，他们在舞台上还能蹦跶起来吗？

二〇一二年十二月，新疆某音乐节邀请舌头乐队回疆演出，这是舌头重生后的第一场重要演出，乌鲁木齐一个能装下六百人的剧场营造出了六万人的气势，舌头回故乡，"壮士十年归"。乐队一上台，朱小龙的主音吉他刚拨了个长音，底下就炸锅了，全场高喊："舌头！舌头！"感觉比台上的乐队还 high，估计也没人认真听他们唱啥了。这场舌头演出，据我观察，有点用力过猛，每个人拖着自己长长的彗尾，还不能融合成一个星座。

回到丽江，他们继续封闭排练，每天八小时，谢绝所有朋友探班。某次郭大刚问我觉得舌头的现场有什么问题，他说他看见别人都在台下呼天抢地地跟着蹦，只有我冷静地坐在后面专注地听。这话说的，我也想蹦啊，可是就怕蹦到姑娘身上，谁负责啊。经过一段闭关修炼，舌头再度出山，参加“上海迷笛音乐节”，重新找回了他们当年铁血战车的感觉。新加入的鼓手文烽，鼓打得复杂多变，整个乐队起飞得更迅速有力了。

“妈妈一起飞吧”，这是他们新的经典，吴吞像个诗人在舞台上读着他金斯堡似的长诗，诗的尽头大家一起唱：妈妈，一起飞吧，妈妈，一起摇滚吧。摇滚从他嘴里说出来不再显得尴尬矫情，他们在舞台上的表现唤醒了这个词最初的意义：朴素坚硬如石头，在土地上随大风滚动。可是为什么是“妈妈”呢？我在想这个。

于北京

梦中橄榄树　温柔四十年

——“民歌四十：再唱一段思想起”演唱会亲历记

一　台湾地区民歌小史

一九七五年六月六日，杨弦在台北中山堂举办“现代民谣创作演唱会”，这成为台湾地区“民歌时代”的标志性起点。杨弦从胡德夫那里学唱了卑南族歌曲《美丽的稻穗》；李双泽在“淡江西洋音乐会”手持可口可乐，质疑当时年轻人唱洋歌的风气；热情似火的女文青杨祖珺唱着《美丽岛》，参与各种社会活动，露天演唱，救助雏妓。

一九七七年，“金韵奖”创办，校园民歌进入商业市场。陶晓清的“热门音乐”节目每周四开辟“现代民歌”单元。

一九七八年，海山唱片创办“民谣风”比赛。从此，众多民歌手井喷般升起、汇集，形成耀眼的星群：陈明韶、邰肇玫、施碧梧、吴楚楚、范广慧、齐豫、包美圣、蔡琴、侯德健、王梦麟、叶佳修、潘安邦、李建复、黄大城、王海玲、潘越云、万芳、黄韵玲、南方二重唱、郑怡、许景淳……

丰富宏大的李泰祥遇到了齐豫，呈现了完美的《橄榄树》；简约好听的梁弘志遇到了蔡琴,《恰似你的温柔》开始四方传唱;自然之子叶佳修遇到了潘安邦,有了《外婆的澎湖湾》;侯德健、李建复《龙的传人》传遍整个大陆;“木吉他合唱团”里面的学弟李宗盛制作了第一张唱片,大获成功——郑怡的《小雨来得正是时候》;潘越云《天天天蓝》,民歌时代的天空也正如是,天天天蓝。

我问著名乐评人马世芳:那些唱歌的年轻人为什么很多人后来都放弃了音乐事业,去欧美留学了?他说:那时的家长大多是瞧不上唱歌这个行当的,觉得是火坑,上学之余玩玩可以,作为一辈子的事业那需要很大的勇气。李宗盛那时叫小李,因为书读得太差了,五年的课程读了七年还没毕业,活活念成了医科大学。所以小李破釜沉舟,吃定音乐这碗饭了,成为“民歌时代”遗留下来的耀眼的明星。“民歌时代”结束了,他的时代开始了。我又问:罗大佑算民歌手吗,怎么很少提及?“罗大佑是革民歌命的人,他的《之乎者也》有这样的词:风花雪月之,哗啦啦啦乎,所谓民歌者,是否如此也。但是罗大佑早期的作品,也有很多民歌的痕迹,比如《童年》。不过,罗大佑的《童年》要我说,歌词并不民歌,是因为张艾嘉先唱了,才被归到《民歌》一路,他早期为别人写的《风儿轻轻吹》《闪亮的日子》还更像民歌。”

胡德夫老师回忆,陶晓清是“民歌运动”最大的推手,她后来还创办了“民歌乐府”,组织民歌手到各大学校巡演,起初学校庆典多爱邀请唱“洋歌”的乐团,经过陶晓清的推动,学校的毕业典礼开始邀请具有原创精神的民歌手进行表演。

一九九五年,“民歌二十年:唱过一个时代”演唱会在“台北中山纪念馆”连唱两场，共三十几位歌手参与。

二〇〇五年，“民歌嘉年华会：永远的未央歌”民歌三十年演唱会于“台北中山纪念馆”连唱三场，五十余位歌手登台。

二〇一五年六月，“民歌四十：再唱一段思想起”演唱会于台北小巨蛋、高雄巨蛋连唱三天，共六十余组歌手参与。

二　演唱会现场

我从大理飞昆明飞北京飞香港飞台北，一路辗转，就是为了看“民歌四十”演唱会。好多人都不在了，李泰祥、梁弘志、马兆俊、施碧梧、陈志远、黄大城、潘安邦、潘莉莉，一回相见一回老，所以要赶快奔赴现场，趁大家都还在。

台北小巨蛋，一万五千人的大场地座无虚席。据我所知，也有很多和我一样辗转过来的歌迷，有的甚至要连看三场。

灯暗，荧光棒亮起，“民歌之母”陶晓清上台，宣布演唱会开始。她的声音很悦耳，清亮有力，我听着也就是位二三十岁的女生。

演出并不是平铺直叙型的，一个歌手上一个歌手下，如果是那样，六十多组歌手得演到第二天早上。演出结构为板块递进式，一组歌手上台、演唱、合作、穿针引线引出下一组歌手。

民歌时代的女愤青杨祖珺上场了，她唱《美丽岛》是正义凛然、字正腔圆的，李建复跟进为她和声。杨祖珺再唱《龙的传人》，胡德夫用排湾族语接唱第二段。最后高潮，三人合唱“巨龙巨龙你擦亮眼，永永远远地擦亮眼”。歌毕，只有李建复留在台上，开始下一板块的音乐。余光中的诗《乡愁四韵》，杨弦版、罗大佑版拼贴在一起，李建复引出殷正洋共同完成。再留下殷正洋，“再唱一段思想起”。

叶佳修，据说长得比我还年轻，他先唱了《乡间小路》，我一九八五年开始学吉他的第一支弹唱歌曲就是它。那时做梦也没想到有朝一日能听到作者在舞台上亲自演唱。接下来，是全体中国人的热门大金曲《外婆的澎湖湾》，这首歌原本是写给潘安邦的，潘安邦已不在，舞台大屏幕上出现潘安邦的演出影像，叶佳修跟另一个世界里的潘安邦合唱，“澎湖湾，外婆的澎湖湾”，虽人天相隔，可是歌是在一起的。

包美圣出场，她的声音还是嗲嗲的，我发现女生的声音几十年甜美依旧，怎么不会老啊，是不是吃凤梨酥吃的。包美圣说她当年唱《小茉莉》的时候只有十九岁，现在她是五十八岁的老茉莉了。

“木吉他合唱团”出来了，他们的名曲是《散场电影》，李宗盛还是小李的时候是其中队员。当时的小李现在的李大哥台上笑谈，在后台，很多人多年不见，乍见：啊？晃头做苦思状，接着恍然大悟：啊，原来你是那个谁谁谁。然后李大哥低下头对着台下小声独白：还好当初没在一起。全场鼓掌大笑。

万芳，仪态万方，白色长裙，她是颇具舞台视觉美感的民歌手。“民歌三十年”的时候，她曾经在台上赤足旋舞，成为一段佳话。这次她唱了《小雨中的回忆》《给你呆呆》。万芳的翻唱是有创新的，有强烈的现代感。

许景淳是李泰祥老师的女弟子，据说还有一段恋情，李老师，您在天上原谅我八卦一下啊。许景淳在台上称李泰祥为李大师，甜蜜地哭了。她把李泰祥的两个经典《不要告别》和《告别》放在一起唱。当初李泰祥先写了《不要告别》，是三毛的词，后来他要出唱片了，这首歌的版权已不在他手中，他只能再创作一首《告别》，词是女诗人夏宇写的："我醉了，我的爱人，在你灯火辉煌的眼里。"我觉得比三毛写得好。夏宇不懂歌曲结构，随性写来，正合了李大师天马行空的创作风格。

全场的巅峰当然是我心目中的女神齐豫了！齐豫登台，不言不语，开口就唱，《欢颜》《你是我所有的回忆》，然后是万人大合唱《橄榄树》。她的嗓音闪着金属的光泽，高音如玉滑行冰上，低回处，有月光照入深海。齐豫站在那里，她的宁静可以扩散到全场，谁敢在她的后面唱歌。当然还是有的，"民歌时代"的另一位巅峰歌手潘越云，她们合唱《梦田》，然后是潘越云独自的《天天天蓝》。

晚会的尾声，众多歌手翻唱梁弘志的作品，蔡琴因故未到，没有蔡琴的《恰似你的温柔》气场稍弱。最后一首歌是杨弦和所有歌手合唱：我是一个民歌手。

"民歌四十：再唱一段思想起"演唱会圆满谢幕。

三　访谈记

急切地想面对面采访齐豫，是因为我想听她说话的声音。听人的声音，是我了解别人最重要的渠道。齐豫说话少有甜软的台北腔，带一些中国北方的口音，有一些爽利的侠气。

以下把我问题的鱼刺抽离出来，剩下全是齐姐的语言精粹。

这次演出见到了很多多年未见的老朋友，比如：王新莲，很多人长年不唱歌了，可是一点不紧张，在后台聊天、签名、穿梭，上台还是唱得那么好。我紧张得半死，找个角落安静地准备，你觉得我在台上很宁静，那或许是紧张得不敢动了给你的错觉（笑）。

当初参加“金韵奖”“民谣风”比赛前，我比较喜欢琼·贝兹二十世纪六十年代的民谣音乐，她的声音跟我的很相似，我也愿意学她的那种唱法。“金韵奖”决赛，我唱的就是她的 *Diamonds and Rust*，获得了冠军。你问我为什么那么有信心，去参加了两个比赛，还都拿了冠军，其实最初的动机就是好玩，看别的同学去参赛，比方包美圣，自己觉得也应该试试。爸爸保证是不太赞成的，东北爸爸很凶的，尤其获得冠军出了唱片，又有电影人邀约出演的时候，爸爸讲“片商”谐音就是“骗商”，女孩子还是规规矩矩读书好。我是很顺从的，就去美国读书了。

你问我“金韵奖”奖金很丰厚，都用在哪儿了。我记得是八千台币，去香港通利琴行给齐秦买了一把雅马哈的民谣吉他。那时他刚从感化院出来，有了吉他，他就天天在家里狂练，不再出门了，这也是爸爸希望看到的。

关于音乐，其实我是不懂什么乐理的，乐谱在我眼里都是绿豆芽。李泰祥老师的歌曲结构庞大，调式复杂，我就是靠着直觉唱，还有那个时候记忆力好，并不是靠着认知学习音乐。后来自己开始制作音乐，比如我帮三毛制作了《回声》，也就是帮助把作品搜罗在一起。原本三毛创作了一些关于《红楼梦》的歌词，让我们帮她谱曲，可是作为她的书迷，我更喜欢她的那些“撒哈拉的故事”，更喜欢她的经历和传奇。我们让她重写，才有了后来我跟潘越云合作的《回声》专辑，里面只有一支歌是三毛原有的词——《晓梦蝴蝶》。

其实我这个人是很被动的，通常不会积极地争取什么，你说有很多歌迷希望我去做专场演出，我害怕那种大型的商业性的运作。如果能去的话我希望能唱一些宗教歌曲，佛歌啊、福音歌曲啊，再加上自己早年的经典曲目。一九九八年的时候弟弟齐秦拉我去拉萨做了一场演出，大昭寺的僧人送了我一尊佛像，装藏过的。起初只是摆在书架上做装饰品，后来渐渐地有了一些体悟。第一次制作佛教音乐，录的是《忏悔文》，唱了几句就哭得唱不下去了，内心激动，觉得真的是有很多事情需要忏悔。后来再唱《心经》，就平静下来了。尽量摒除自己的主观暗示和色彩。

你们说看我们演出觉得非常梦幻，其实我们也是一样，那么多地理书上见到的地名，到了真地方，奇特啊！原本我们家只有我爸爸说东北话，到了东北沈阳，周围人全部是我爸爸的口音，太不可思议了。（笑）

万芳喜欢万晓利，估计是因为他们都姓万，噢，忘了，万芳姓林，叫林万芳。

我更喜欢“民歌三十年”演出，那次很多人都还在。齐姐那次有事没来，我替她唱了《走在雨中》，向李泰祥先生致敬。现在是“民歌四十年”，“民歌五十年”的时候不知道有多少人还能再相聚。我们在后台也是围着屏幕看前面的演出，大家一起跟着合唱。比方说齐姐上台的时候，大家都纷纷拿出手机录影、拍照。

我们是听着民歌手的歌曲长大的，我的好友黄韵玲当年参加“金韵奖”的时候谎报了年龄，那时她太小了。后来她开始研究和声，你们听齐豫、潘越云唱的《梦田》，那么好的和声，编曲就是黄韵玲。我小学五年级写了我的第一首原创歌曲，就是自己哼唱着记录下来。二十世纪八十年代末，参加了“木船”西餐厅的歌曲比赛，获奖，进入滚石唱片。

出版《左手》专辑后，我的音乐有了更多的变化，其实我觉得就是随着生命的河流走，每个河段都有自己要说的话，把它唱成歌就是音乐上的进步。

对我来说，叶佳修不是一个名字，他更像是一种气味，或者某种情绪。少年时代坐在沈阳铁西区的路灯下，唱《乡间小路》《踏着夕阳归去》。现在叶佳修具体成了一个我面前的六十岁、活力四射的老顽童，不禁怀疑自己是怎么从时间深处走到这里来的。

本来，爸爸是想让我当法官的，在我爸爸眼里唱歌就是做戏子，丢人。但是有一回，他到日本，为我买了一把限量版的珍贵的雅马哈吉他。他送琴给我的时候，我感到从来没有过的父爱。紧接着他又给了我一盆冷水：希望你能通过法官资格考试。这把吉他我弹了四十年，在“民歌四十”演出的舞台上，依然明亮、饱满，“爸爸，我在小巨蛋的舞台唱歌，你来了吗？”

我十八岁的时候就跟今天长得一个样，那个时候，公司不让我上电视，找了一位高大帅气的歌手唱我的歌，他就是潘安邦。起初我心里很郁闷，因为自己只能为他人做嫁衣裳，后来，跟他成了好朋友，也就释然了。潘安邦给我讲，小时候，他住在澎湖湾，外婆腿脚不好，每次出门一手拄着拐杖，一手还要紧紧拉着他。我一下子就看到了那个场景：“也是黄昏的沙滩上，有着脚印两对半。”倒回来才是：“那是外婆拄着杖，将我手轻轻挽。”《外婆的澎湖湾》被潘安邦唱火了，唱到了中央电视台的春节联欢晚会。后来潘安邦不唱歌了，他的太太是一位大家闺秀，当初还是我帮他追的呢。如今，他不在了，在“民歌四十”的演唱会上，看到潘安邦的影像，和他一起唱《外婆的澎湖湾》，我哭了。

还有梁弘志，我们小时候都住在花莲，还是邻居呢。后来他写了《恰似你的温柔》，我们在民歌时代中又重逢了。梁弘志患癌症的时候，我从加拿大飞回台北看他，他不愿意见我，他说：最好的重逢就是舞台上的拥抱。可是他没能再登上舞台。

我现在身体很好，喜欢踢足球，是前锋。我就是闲不住，在加拿大办音乐学校，去厦门为电视台制作闽南语的红歌。有一次高晓松要行拜师礼。他讲当初他抄歌本，《乡间小路》《赤足走在田埂上》，不知道是谁写的，作者栏写的是“佚名”，所以，那次拜师礼被戏称为“寻找佚名”。

我现在在写一本书，二十多万字，大体上是歌的自传。在我看来，每一首歌都是有生命的，歌有它自己的故事。我希望能在大陆出版，让更多的孩子们了解我们的民歌。

于耶路撒冷

《音乐肖像》让我们理解世界

音乐人小河是个创意层出不穷的点子大王。二〇一〇年他跟我说过，他有个设想，每个月给一个陌生人写一首歌，先要通过网上报名，选一个人，小河亲自去跟那人生活一段，有点像多年前的革命作家深入群众蹲点创作。

再见小河，他已经写了好几首歌了，有矿工有清洁工等等。后来小河跳台断腿，这计划就搁置了一阵。

二〇一五年，小河早已戒烟戒酒，成了个温和的食草动物。《音乐肖像》又重新被拎出来，经了五年的雪藏，这个计划更饱满成熟了。小河要寻找十二个歌手，每个人完成一首歌。这一下涉及面广阔多了，先是那个被唱入歌曲里的人，再是小河的创作，再是另一个歌手去完成，有点时空接力的感觉。每个人都只是一棒短跑，谁也不是主角，等大家跑完了，才可以知道我们跑了多远多快。

小河物色的十二个歌手，除了他熟悉的民谣纲弹唱目，如我、马頔外，也有 Subs 主唱抗猫——比较凶猛的动物，还有美美的万方，还有海陆丰嗷嗷叫的五条人，还有民谣界德艺双馨的狼哥，以及小老虎（赵宏）、程壁、林一峰、陈粒、罗思容、万能青年旅店。我被分在一月，几乎没选择的余地。

我要唱的是王刚，安徽颍上人。王老师本来是个文艺青年，想北漂，巴黎漂，可他哥哥嫂子都离家出走了，比他先飘了一步。他只能顾全大局，回乡陪伴父母还有年幼的侄子王明弛。歌词有一句挺打动我：那个出走后从没回来的哥哥，让他理解和接受世上所有的人。这首歌歌词长得快赶上短篇小说了，并且歌词不押韵，没主歌副歌，真不愧是小河写的，天马行空声东击西。我下工夫学了好久，终于录音完毕了。

我唱歌时，把自己变成个冷静的旁观者，见证呈现，克制抒情，因为王老师的故事没啥可煽情的地方，他需要的就是倾听。我在唱歌时就是个倾听者。结尾处，我给他加了三个大理学院的女生伴唱，很清纯优美的，算是对他能找个好姑娘的祝福。

《音乐肖像》是个好玩的事情，很有挑战性。过去写歌，我总爱主观抒情，有价值有意义要升华。可唱陌生人的故事，我变身为观察者，泯灭了歌唱中的个人野心，不是要人来听我，而是我们来听王老师。通过参与《音乐肖像》，我提高了自己的创作水平，突破了小我的局限性，理解了好的喜剧演员自己不常笑，好的说故事的人也不总大惊小怪，好的歌手节省着用感情，不能总是：啊！朋友！啊！人生！

从今以后，我也不知道该怎样写歌了，黑夜里盲人骑瞎马，迷路就静下心多听，尽管道路曲折难行，相信前方一定有一颗光明的北斗星。啊，朋友，再见！

于大理

王　刚

词曲：小河

巴黎像海洋一样大
北京像海洋一样大，
大王台子村的田野也像海洋一样大。

在大王台子村的某个地方，
在一个叫王刚家的房子里，
住着另一个王刚，他叫王老师。

那个出走后从没回来的哥哥，
让他理解和接受了世上所有的人。
王老师有个侄子叫王明弛，
在他星期天的日记里没有爸爸妈妈，
只有爷爷奶奶和电视机，
县城里的糖果
和叔叔的乒乓球比赛。

王老师的宿舍的墙上写着“明明德”，
孩子们在宿舍的墙上写着“大人坏”。
老师们在午后的长廊上晒太阳，
这样平静的日子里谁也不想出风头。

那张不新不旧的桌子，
王老师说他不想
趴在上面一辈子。

妈妈叫我们起床一遍又一遍，
也许她知道那是我们听不够的呼唤。
妈妈给你拿来干净的衣裳，
因为在她眼里你是最最漂亮的小伙子。

让我们十年之后，在颍上再见吧，
就算那时候没有了绿瓦红窗，
如你所说只要我们还活着，
让我们一起畅谈那十年尘梦。
带上明弛，带上你的好姑娘，
记下这一天，二〇二〇年一月廿七。

舞台有神

每次演出，我都要先点香拜拜舞台。拜完了，心里踏实。

有一次，忘记拜了，调音中吉他突然出了故障，并且无可替换。把我着急的，观众马上要进场了，难道要我清唱吗？猛然想起，今天没拜台，赶快焚香补救，马上传来喜讯，贝斯手小木瞬间把琴修好了。

舞台对我充满了神秘感，尽管大大小小唱几百场了，每每上台还是满怀敬畏。你在台上不是只表现自己所思所想，你是一扇门，把两个少有人走动的房间沟通起来。你这门要敞开，听者才能在音乐里豁然开朗，进入更大的房子，有的甚至长久地住下来。如你紧张，患得患失，你这门就只是个门缝，小家子气，有时还关起来，让听者撞上南墙再不回头。

舞台就是个修炼的道场，平常潜藏的弱点，到舞台上会给你当头一棒打晕你，且不知棒从何来。比方有一阵，生活中很得意，沾沾自喜，感觉一步步踩在云彩上，美啊！上台演出，就很顾及台下观众的反应，掌声有点稀薄呀，说笑话，大家没哄堂大笑呀，内心开始焦虑。你的门时开时关，吱吱嘎嘎门轴没上油。你从一个通天的神巫堕落成一个弄臣

小丑。演出完了，你的心里充满了怨恨懊恼，因为你把舞台当作盘子了，把自己切好了拌上葱姜蒜，端上去，还担心众口难调，怕成了剩饭剩菜没人搭理。

我们早晚会没人搭理的。你的第一个观众以及最后一个观众，可能就是你自己。舞台应该是你成仁成仙的祭坛，用自己献祭，忘我，你才能敞开如通途，人们穿过你心走去远方。舞台的神，实实在在的，能帮你吃上一口好饭，帮你找女朋友，帮你瞬间成名，还不值得为她点一炷香，保佑我们的歌声的翅膀，托起沉重的肉身，脱离现实的万有引力一会儿，在音乐的失重状态下，觉到审美的狂喜。

台上的灯光暗下来了，观众退场了，舞台的神会挽着你的胳膊，把你扶下台，送你到大排档，或者把你交还给烦闷的日常生活。

于大理

好歌埋在你心底

一支好歌像一只传说中的人参娃娃，有鼻子有眼的，快要变成个小人儿了，可谁知道它在黑暗的土里曾孕育千载。一个歌者要找到自己的好歌，就要狠狠地向自己的内心深处挖，钳子铲子一起上，不怕碰伤自己的根。那根在深处盘绕纠结如蛇窝，为了一支歌要伤筋动骨，至于吗？所以有些歌者到听众的脸色中去挖了，到市场上、乐评家的口舌间去挖，那是一条缘木求鱼的路，因为好歌会创生新的听众。

远古的巫师在歌声里创造了神和英雄，带着部落走出黑森林，优秀的歌者都是他们的后裔，我们心灵深处的集体无意识如同地下河，那里有我们祖先遗留下来的歌唱的基因、舞蹈的基因。当我们写出一首好歌，在舞台上把它唱出来的时候，也就是这个黑暗的集体无意识苏醒的瞬间。诞生一首好歌会让我们浑身战栗，唱出它的时候，你觉得它像一只大鸟要胀破你的躯壳，怒而飞。可是我们生活在这么一个人际社会，为了自身的安全，需要戴上荣格所谓的"人格面具"。这个面具同时也屏蔽了那危险盲目的集体无意识，堵塞了音乐的源泉，唱歌只是为了吃得更好住得更好。所以，此时有根、接地气的好歌不多见。

腾讯出品一个原创音乐节目《HI 歌》，作品是否优秀，要由网友最终投票评判，为歌手和创作者提供了一个自由发声表达的舞台。我在此阐释个人的一家之言，按照我的评判，从审美意义上讲，歌曲分为几大类：A. 又简单又好听，如崔健的《花房姑娘》，一个动机几个乐句，小李飞刀，一刀致命。B. 又复杂又好听，如皇后乐队的《波希米亚狂想曲》，音乐元素包罗万象，众多动机绞杀一处，最终还是两个字：好听。C. 复杂不动人的，如很多动机飘忽的爵士歌曲，还有一些歌手为了成全自己的唱功，在选秀舞台上，把简单的民歌重新装修成七上八下的灵歌，这类歌曲至少蕴含了音乐人辛苦的劳动，没有功劳还有苦劳。D. 简单且不好听，如我们的广场舞音乐、长途汽车音乐，还有响彻神州的某某传奇。

听了腾讯《HI 歌》节目第一期几个歌手的歌，感觉接靓的《不敢》还好些，把爱的纠结讲成了一个寓言故事，爱到深处，众叛亲离，如经高人点化，有可能会成为中上之作。当然，没有人可以预知一首歌的命运，歌有旦夕祸福。

希望腾讯的《HI 歌》节目能够再造一个把原野铺满舞台的莫西子诗，把莲花种满舞台的央吉玛，最终，什么舞台并不重要，好歌响起之处就是好舞台。

于溟门

诗书

猫冬时节好读书

《黄帝内经》教育我们：春生夏长秋收冬藏。人生的舞蹈要应和着大自然的节拍。强弱次强弱，春夏秋冬应该是个四四拍的节奏。

冬天，熊躲进树洞里，睡睡醒醒，饿了就舔点熊掌。如果人有熊的福气，就是恰巧冬天足够冷，你的房间有火盆或者暖气，你恰巧有充足的时间。比方失业失恋，趴在人生的低谷里，少有约会和大饭局，你的低谷跟大自然的低谷邂逅，这就算人天合一了。可以开始不为什么地读上几本烦闷的书。不是读那种明快的，起承转合很抓人的书，那些书只适合在地铁上，在短途旅行中阅读。

读契诃夫，他写的都是小人物烦闷的生活。在俄罗斯漫长的冬天，垂死的老人站在窗前数着，还有六个月春天才能到来，他觉得冬天像他的老年一样没有尽头。《烦闷的生活》。一位画家坐在花园里，无所事事地看书漫步，走上整整一个夏天。《带阁楼的房子》。一个小孩跟上一群马车夫，横穿草原，日复一日。大自然单调的壮丽。他们说我好闷呀。终于到了目的地，一个小城市，孩子委屈地大哭起来。这以后，他得寄宿在一个远房亲戚家，另一种烦闷的生活等着他。《草原》。

读加缪的《西西弗斯的神话》，他的《局外人》或者《鼠疫》，尽管也很淡漠，但读起来要容易得多。《西西弗斯的神话》是密度极大的书，我没有把它彻底读完过，总是以睡眠告终。就像塔里木河迷失在沙漠中，读着读着，意识就开始散乱起来。句子脱节，词意模糊，然后就睡着了。

读面目冷淡的书，并非自虐。冷淡是因为书对你无所要挟。它不是要绑架你，必须感动啊，必须领悟，必须深怀意义。对你无所求的朋友通常都是最好的朋友。我还有一本《川端康成掌小说全集》，书里都是一些零碎的原始素材。几百字的，几十字的，散乱的，未曾加工，每一篇都有可能发展成一篇《雪国》或者别的什么。读这些文字有一种孩子般的不确定的晦涩。它的意义在没有写出的未来。很适合坐在火炉边，一段一段地看下来。看半天好像若有所悟又好像什么也不记得。如果你有足够强悍的精神，就是那种不容易倦怠的精神，也可以看看卡夫卡的《煤桶骑士》。一个寒冬中的穷人骑着空空的煤桶，赊账找煤。还有《乡村医生》，马车拖着他的皮大衣，在冬天去遥远的村庄为一个孩子治病。还有海明威的《乞力马扎罗的雪》，一个耽于酒色的艺术家在非洲的丛林里伤口感染，弥留之际想着那些还没写出的题材，雪山顶上有一只豹子的尸体，为什么豹子要去那里。这些意义模糊的故事，就像北方冬天结满冰花的窗户。你看不透，但是你看到的就是冬天。

你还需要认识一位诗人，就是读里尔克。不是那“谁此时没有房子，就不必建造，谁此刻孤独，就永远孤独”的流畅抒情短歌，要读他更曲折晦暗的《马尔特手记》。心灵在象征的森林里行走，“千岩万转路不定”。“因为诗更多的是经验。为了写出一行诗，一个人必须观察很多城市，很多人和物，他必须了解各种走兽，了解鸟的飞翔……他必须能在沉思默想中回想起异域他乡的条条道路，回想起各式各样不期而然的相逢和各式各样长相厮守之后的分离……”一个人也必须学会忘却，以“等待那些回忆再度光临”，转化成自身体内的血液和难以名状的眼神、姿态，到那时才能诞生一首诗的第一个句子。

如果你还有点古典情怀，也可以转过头来读《水经注》。河流带我们旅行。在古人的心灵地图上，那里有昆仑墟、弱水、沙洲、秭归，那些地名有鼻子有眼睛，也有生命。一言半语，千八百里。江、河、川、流是最好的导游。讲两岸风物，大禹曾经在哪儿做过手脚，山被劈开了，水又转道了。《水经注》里的三峡是真正毁不掉的三峡，“春冬之时，则素湍绿潭，回清倒影……每至晴初霜旦，林寒涧肃，常有高猿长啸，属引凄异，空谷传响，哀转久绝”。我游过两次三峡，拜失明所赐，啥也没看到。我心中的三峡视觉印象，来源于郦道元的《水经注》。

读《古诗十九首》。那是关于冬天萧索沉默的普通人的诗。“孟冬寒气至，北风何惨栗。愁多知夜长，仰观众星列。三五明月满，四五蟾兔缺。客从远方来，遗我一书札。上言长相思，下言久离别。置书怀袖中，三岁字不灭。一心抱区区，惧君不识察。”东汉处于汉文明的低谷时期，正是冬天的入口，后望有四百年的战乱才能到盛唐的春天。在那个灯火阑珊的东汉，人们更爱仰观星空。“迢迢牵牛星，皎皎河汉女”……

这么一本本荒凉的书，载你小雪大雪过冬至，小寒大寒，等到春晚，惊醒你的美梦，“常回家看看，回家看看”，要陪着爸妈看电视，跟七大姨八大姑搓麻将，“斯文扫地”了，跌进万丈红尘中了。那个又励志又积极向上的春，降临了。

于泰国PAI县

跟随诗歌走入镜中

虽然我也写了一些诗，但是一直把自己定位成一个业余诗人，我不让自己在诗歌上有更大的野心，诗对于我是心灵深处与老友的长夜密谈，较之音乐，更加隐私。

我写诗的历史比写歌早，大概十四岁的时候就写过二十世纪八十年代“啊！风流！”样式的朗诵体诗。少年对于诗的理解就是押韵，跟着韵脚走，管它走到哪儿。尼采曾说“韵脚是思想的惰性”，但是押韵的确容易感人且自我感动。九十年代我曾写过一首长诗叫《夜部落》，写了河马、高渐离、阿炳等众多历史上的失明者，也是那种押韵的、悲壮的、杠杠杠的排山倒海的句子。写完读给朋友们听，不写诗的朋友交口称赞，真正写诗的朋友不以为然。后来我接触了波德莱尔、瓦雷里、艾略特等象征派诗人，深感押韵令人羞愧，并非押韵本身有问题，而是总想感动人是一种媚俗，一种弱者渴望靠别人的目光进行光合作用的扭曲心理，光来自太阳，太阳不需要你讨好它，一样会照耀你。

一九九九年，我跟朋友编辑民间刊物《命与门》，那是最早的粗糙的油印小册子，一本只卖两块钱。二〇〇二年我积重难返，编辑另一本民刊《低岸》，这回从油印进步成了铅字印刷。在书前的献词里，我很摇滚地宣称："我们不是职业诗人，只偶尔写出好诗时，我们才认为自己是个诗人。其余的日子，我们是歌手、流浪汉、异乡人、失业者、办公室里的困兽、空床难独守的老光棍。"这番话很有些流浪艺术家的味道，那时我已经在北京漂了六七年了，跟所有流浪者一样喜欢金斯堡、凯鲁亚克，主要喜欢他们的传奇和他们作品的名字：《嚎叫》《在路上》《达摩流浪者》，虽然我后来走了很远的路，但是《在路上》这本书到现在也没有完整地读完。那时诗歌赋予自己强烈的使命感，诗成了自己亡命天涯的同谋。

某次在北师大我参加"下半身诗歌"群英会。诗人们纷纷登台朗诵，说的都是大白话，有些黄段子，有些相声小品的抖包袱。诗人伊沙读了一首诗《男生宿舍》，大概意思是：楼下有人喊："杨伟在吗？"没人回答，有女生敲门问："有姓焦的吗？"宿舍里大喊："有！"异口同声。我在台下越听越生气，诗的使命感蠢蠢欲动，快结束时主持人沈浩波约我上台，我大大地发了一通牢骚。在座的学生们热烈响应，诗人们不以为然。后来想，这还是在寻求感动，寻求认同。关键，诗歌怎样写，写什么，不应该由一个道德法官来评头品足。崇高并非诗歌唯一的属性，诗可以很卑劣、很色情、很神经质。还诗自由身的同时，自己也解开了心灵的枷锁，不要总想着救赎、唤醒、拯救，引导他人，不要抱有这样的野心，像个伟人一样地挥手，要让你自己的心自由起来，一辈子能做好这一件事就足够了，别人愿意被你影响那也是他自己的选择。

二〇〇三年，我成了一个歌者。我发行的第一首歌，词是诗人巫昂的诗《我听到云蓬在唱一首忧伤的歌》，我自己唱“云蓬”太肉麻了，我改成《我听到某人在唱一首忧伤的歌》。后来唱海子的诗、张慧生谱曲的《九月》，一点点作为歌者为人所知。第三张唱片《牛羊下山》中《杜甫三章》是我唱诗生涯中最满意的作品，感觉杜甫就是我老哥，那些古文字不再微言大义，不再板着面孔训人，“白日放歌须纵酒，青春作伴好还乡”，唱得血都热了，节奏就是船桨滑动江水，一下一下地“近乡情更怯”。

我的新专辑《四月旧州》，第一首歌唱的是南宋词人姜夔的《暗香》。这首词我二十年前就能熟背于心，有时候在旅途中或者在失眠的夜晚，无书可读，无人共语时，经常一遍一遍地默念它，“江国，正寂寂。叹寄与路遥，夜雪初积。翠尊易泣，红萼无言耿相忆”，冷寂落寞，雪的香气、梅花的香气滋润身心，让心情重又新鲜起来。这是唱片起始的第一支梅花。

第二支是诗人张枣的《镜中》，我把原诗稍作改动，唱成一支江南小令。《镜中》对于张枣就像《面朝大海，春暖花开》之于海子。其实张枣是一个很晦涩的、语言幽深复杂的诗人。《镜中》仿佛冬夜山村里的一星烛火，周围有人有狗，却已沉入黑甜，他们呼吸在梦里，有声有色的，但你看不到。除了《镜中》，对于张枣其他诗我是一知半解，就算是《镜中》，除了梅花和后悔，诗里的阴影部分我也看不透他的深。可能张枣并不以为这是他最好的诗歌，但是阅读者不管你的三七二十一，他们抓到了，然后抓牢，把这一部分高高地举起，像个孩子在河滩上拾贝壳：“啊！我找到了！”

生活中充满了误判，这种误判是被默许的，我们常常责难诗人：写的啥？看不懂！但你能看懂你的朋友和亲人吗？不还是一样地爱他们，为他们烦恼。你也听不懂小孩子咿呀学语，但也不会因为这仇视他们，除非你是个变态。等到面对诗人却想求个彻底的明白，否则就污为故弄玄虚，故作高深。我把张枣的《镜中》清晰化了，其实我提炼的只是这首诗的一部分，是海上的一角冰山，那些水下的漆黑的冰山主体，我暂且没有能力把它唱出来。请诗谅解歌，请歌谅解我这个才气有限的歌者。

于大理巍山

万物沉默如谜

一个小孩子困了的时候，你说：“来，让我们猜谜语”，他的眼睛就会重新亮起来。小孩子最爱猜谜语，等成人后便只喜欢现成的谜底。宇宙是个大谜语，那些终其一生目光炯炯的猜谜者必定保有一颗赤子之心。

安妮·迪拉德的书《听客溪的朝圣》就是一双孩童的眼睛：观看、惊讶、揣测、赞美、恐惧……她在弗吉尼亚蓝岭的山谷里住了半年，就像梭罗住在瓦尔登湖边，大自然是她的教堂和大雄宝殿，所有神要对人说的话都在闪闪明灭、生生死死的万物里。她的眼睛比梭罗要年轻，所以她看到的万物更华丽、热闹、节奏明快。如果说梭罗的《瓦尔登湖》是肖邦的《夜曲》，那《听客溪的朝圣》就是肖邦的《玛祖卡》或《华尔兹》。安妮·迪拉德的眼睛忽而是显微镜，侦察昆虫的表情，忽而是天文望远镜，遥望星系的聚散生灭。这本书里缺席的是我们视野里最常见的那个东西——人。在我们平庸的日常生活里，我们见到陌生的虫子只会惊叫，但是没兴趣了解它的名字和家族；看到一朵花只会傻傻地赞美，管它是什么科什么目呢。我们精明的眼睛全用来识别人：看人脸色、观其举止，判断是否对己有利，在人的世界里，我们心无旁骛，举头三尺皆是虚空。

其实我们是生活在万物中，宇宙间诸多奥秘，常是曲径通幽，一个秘密可以把我们变回孩子，好奇心会让我们永远年轻。

《听客溪的朝圣》在某种层面上很像中国的《庄子》，“道无终始，物有死生”，“天地一指也，万物一马也”。《庄子》你如果调皮地掀开他那个“道”的大帽子，就会看到那么多有趣的拟人化的山川草木、飞鸟鱼虫。一只脚的夔羡慕很多脚的蚿，蚿又羡慕无脚的蛇，蛇又羡慕无形无影的风，蓬蓬然从北海吹到南海。在庄子那里，万物皆是象征，是通向终极“道”的千门万户。在安妮·迪拉德那里，“道”有另一个名字叫做“God”，你可以通过大自然的和谐优美、赏心悦目接近他，唱起赞美诗；也可以通过大自然的残酷、弱肉强食、杀戮、毁灭靠近他，这时唱着的是哀歌，如《老子》说：“天地不仁，以万物为刍狗。”

光明黑暗、已知未知、有序混乱、生命死亡是太阳与芦苇共同的宿命，而我们人是“一根能思想的芦苇”，我们用思想彼此照亮。你没去过瓦尔登湖，但梭罗带你心驰神往，只需要花三十块钱买一本他的书。我也没有去过弗吉尼亚的蓝岭，读完《听客溪的朝圣》，借安妮·迪拉德惊鸿照影的慧眼，目睹了那里的一切。

于大理

诗歌的声音

诗是有声音的，甚至有口音，正如我靠听觉认出说话人是谁一样，能在诗歌里贯穿一种特有的语气或者语感，那一定是一个找到了自己风格的好诗人。

二十一世纪开始，诗与歌这对失散已久的结发夫妻有久别重逢的征兆。各种诗歌活动上，民谣歌手纷纷亮相，在诗人读诗的间隙，歌手们登台抱着吉他唱唱诗，活跃了气氛，且顺手给诗插上了歌声的翅膀。民谣歌手万晓利唱顾城的诗《墓床》，迟缓幽深，如人入山林脊背发凉，他唱出了顾城诗歌深处的宿命恐惧。

诗人海子的《九月》，由张慧生谱曲，通过笔者传唱开来。《九月》的形成全靠口口相传，有点像民歌从土地里长出来。一九九五年住在圆明园的时候，我认识了张慧生，他是圆明园的孟尝君，家里整天流水宴，酒性浓时，就开始弹吉他唱歌。他家的狗叫大佑，他最爱唱的是罗大佑的《亚细亚的孤儿》《未来的主人翁》。当然，他每次必唱的还有海子的诗歌《九月》。后来圆明园画家村灰飞烟灭了，二〇〇二年又传来慧生自杀的噩耗，宴席已散，慧生渐渐被忘记，很少人还记得《九月》

这首歌。在回想夜夜笙歌的圆明园的时候，回想张慧生和他的狗的时候，我把这首歌重新拾起，好在当初没有精确的录音，容我可以将此歌边回忆边加工再创造：我为《九月》加了一个明亮、渐行渐远的吉他前奏，除主歌副歌外，添上了一个光线暗淡的小阁楼——“远方只有在死亡中凝聚野花一片……”，小阁楼里面装着两个作者的死亡，以及那个废墟般的圆明园村。另，原唱是“一个叫马头，一个叫马尾”，但我在九十年代某本海子诗选中看到的是“一个叫木头，一个叫马尾”，觉得这样顺口，索性就“一个叫木头，一个叫马尾”地唱下去了。

千古姻缘一线牵，有几对好诗好歌邂逅团圆在我们这个不太好的时代，也算是不幸中的万幸了。

同样，一颗强大的诗心也常会滋养出一副特别的嗓音。诗人西川念诗时一口纯正的北京普通话，声音如黄钟大吕，铿铿锵锵的，一听就是少林武当名门大派的排场。圆明园诗人黑大春，嗓子像未经打磨的黑金，沙沙的，地火汹涌。他经常会讲二十世纪八十年代浪诗的故事，诗人们聚在一起，喝酒打架追姑娘，追姑娘依仗的本事就是“浪诗”。黑大春还组织了一个“唱诗班乐队”，整个一个摇滚乐队配置，他把诗《天黑黑》改成了节奏强烈的RAP。在北大教书的诗人胡续冬说话声音阴阳怪气，像个街边小痞子，没个老师样儿，他的诗自由不羁，经常会用四川话把诗读成相声或小品，引来阵阵哄笑。诗人沈浩波嗓门大，气冲斗牛，他念诗又挑逗又战斗，某次诗歌节诗人们台上浪诗，台下领导庆生会，划拳行令大声喧哗，交涉无果，别的诗人都悻悻退场了，只有沈浩波在台上，那哪是念诗啊，分明是跳着脚训人，走出很远还听见他大声吼叫：你们这些人渣！

女诗人宇向的诗歌飘忽灵动，她读诗的声音特别性感，她站在台上读诗，“阳光照在需要它的地方……”，声音宛如一片湖水一波一波地悄悄扩散开。成都诗人翟永明是二十世纪八十年代男诗人心目中的女神，翟老师读诗声音不高，平平淡淡，就像读给自己听一样。她的身体里生长着整个的成都，当年那个安逸慵懒美好的成都在她的声音里继续美好着。二〇一二年我有幸与翟永明老师合作了一场诗歌音乐会，我还邀请了古琴巫娜，鼓手文烽加盟演出，当她念：“在古代，我只能这样 / 给你写信……”古琴悠悠而起，恍惚时间倒流千载。诗人夏宇，说话如火如荼，她曾经为了治愈失恋，从法国徒步走到西班牙，未愈。后来听了我唱的《不会说话的爱情》，结果好了！所以我们一见如故，喝着威士忌，兴之所至我们弹琴唱歌，她是一首一首念自己的诗，临了还要将我们的影子打包风干，等老了，下酒。

老诗人郑愁予读诗带着悠长又悠长的民国腔，像我小时候听到的老的外国译制片的配音。每次见，他总会神奇地从包里掏出一瓶又一瓶飞机托运来的金门高粱酒，都是不低于五十六度的烈火液体。他八十多岁了，高粱酒一口一杯，旁边作陪的儿孙辈的诗人们，端着红酒、啤酒，以茶代酒，战战兢兢只有仰视的份儿，让我不禁感叹，先不论诗写得如何，诗人的身子板儿可真是一辈不如一辈了。三杯下肚，老诗人才开始吟诵他的《错误》：“……我达达的马蹄是美丽的错误 / 我不是归人，是个过客。”郑愁予先生是真的在吟诗，很有仪式感，有酒祭奠，烛光照亮民国时代远去的背影。

其实我也很想听海子当年在小酒馆里怎么念诗换酒，顾城是怎样读诗的，或者穆旦晚年一生繁华褪尽，重新回到抒情诗的起点，他念着“这才知道我的全部努力 / 不过完成了普通的生活”。可叹那时的中国，诗的空气稀薄，诗的声音只能在窒息者的心里隆隆作响。

唱谈萧红

应电影《黄金时代》制作团队之约，我和几位民谣歌手要唱萧红，具体的就是把萧红的一些诗和短章谱成曲，录成唱片，里面还加入了一些关于那个时代作家的讨论。参加的歌手有宋冬野、邵小毛、莫西子诗、钟立风、小河和我。

我在东北长大，读萧红的作品如《呼兰河传》，乡音上有同气连枝的愉悦，东北话骨子里是种农民性的方言，受评书、民间戏曲长时间地浸润，诙谐、狡黠且充满韵律。《呼兰河传》里提到的“拉大锯扯大锯，姥姥家唱大戏”，也是我小时候熟悉的儿歌。所以，没事我就把《呼兰河传》读上一遍，当小曲儿听，当草香嗅。

萧红是个慢热型的女作家，辞世几十年了才被更多的人发现。而那些跟他同时代的作家萧军、端木蕻良却渐行渐远，时间这个老国王真心宠幸谁，谁也摸不准。萧红一辈子都在私奔的路上，怀了孩子就跑，从哈尔滨一直跑到香港。生下的孩子不知所终，生下的《呼兰河传》却寿比南山不老松。如果上天让她多活十年，我期待她能写出心中的那份狠，那些幽暗，那种水里火里的男女之情。后人总说萧红命运悲惨，我对此不以为然，如果把郭沫若作为一个文学家幸福的参照，那完了，徐志摩倒霉蛋、郁达夫糊涂虫，萧红自虐狂，但谁愿意活得像郭老那样，想着就累。萧红只活了三十一岁，但是她的有生之年，曲折迂回，是缠绕在一起一大团的三十多年，而很多人的一百年只是一根拉直的线。

萧红写了最好的有关鲁迅的回忆——《在鲁迅先生身边》，鲁迅为她的《生死场》作序，把她从东北的黑土地直接托举到大上海滩的文坛，两个人是一对百年难遇的大知音。我还希望萧红在那个时代能认识沈从文，沈从文写的有关湘西的美文，在精神上跟萧红更相契合。还希望她再认识一下张爱玲，萧红辞世前她们同在香港，一个城市的沦陷，在萧红那儿是贫病交加，过早辞世，在张爱玲那儿是《天才梦》《倾城之恋》，如果她们能够早些相识，萧红将会在张的身上学到：女人一定要有一间自己的房子，正如英国女作家伍尔夫说的那样。这个房间不属于任何男人。

萧红在日本给萧军的信里曾写道："这真是黄金时代，是在笼子里过的。"这也是这部电影名字的由来。导演是香港的许鞍华，据说她很喜欢鲁迅，演员有汤唯、王志文、郝蕾等等。我们一大堆民谣歌手也掺和进来了。

"唱谈萧红"这张唱片属于该电影的一个注解，用于电影推广，音乐制作小河，视觉导演晓东，每位歌手要认领一段萧红的文字作歌词，不能重样。小河认领的是《生死场》中的一句："在乡村，人和动物一起忙着生，忙着死。"他坦言虽然没有看过萧红的作品，单凭这一句话，萧红在他心目中就有绝对的高度。邵小毛选的是："女人的天空是低的，羽翼是稀薄的，而身边的累赘又是笨重的。"轮到我最后选，容易唱的都被别人选走了，我只能唱：“我的心中积满了沙石，因此我想望着的，只是旷野、高山和飞鸟。”这句出自《沙粒》，我唱得粗犷、豪迈，感觉跟萧红的气质有点对不上茬。

小河依然很实验，选择了一个在北京门头沟的小山村，进行了一次风险极大的田野录音。宋冬野、邵小毛、莫西子诗据说是爬到山顶上录的。我的录音地点是一个小亭子，录的时候村中有狗叫，本来偶尔叫两声，录进去也是很自然的，但是那天那只狗不知道犯了什么病，一直叫个不停，且暗合歌的节奏忽快忽慢。录下来一听，怕人误会是电脑模拟的。好不容易等狗不叫了，飞机来了，五分钟一架，轰隆隆地飞过头顶。我们只能见缝插针地把歌录完。所以我的歌里有风、知了、狗、飞机，大家听了不要感到稀奇。

下午录完歌，晚上坐在院子里进行民国作家大讨论。小河又来主意了，要在中间点堆火，制造一种围炉夜话的感觉，导演晓东更建议火上温上一坛绍兴女儿红，每人捧着碗黄酒，边喝边聊。由于火烤酒熏，越聊越飞，越飞越远，聊到了萧红这个文艺女青年和当下文艺女青年的差别，如果萧红在现在该怎么追她，到后来活活地把这个黄金时代聊成了黄酒时代。

火也熄了，酒也尽了，我也喝得断片了。明天还要过自己的日子。时代，无论白银、青铜、黑铁，不是我们能说了算的。我只看到一个个的人，黄发垂髫，饮食男女，更大的风物需要在未来在高处俯瞰。

于乐山

歌诗两会

开“两会”了！这可是大事，我指的两会是“张北草原音乐节”和合肥的诗歌大会。

七月的大理雨水丰沛，晚上睡觉要盖上一床薄被的，可是有演出啊，就得屁颠儿屁颠儿地出发，为了攒钱买房子嘛。三个多小时的飞机到北京，再坐上汽车奔张北。北京昏昏的，没天没地，埋在半透明的黄土里。车过居庸关，才见了太阳的影儿。再向北，天有点转蓝了。快到张北，路两旁开始出现农家乐、骆驼、马，草虽然不是很多，可是对于生活在雾霾中的城市人，也就算够意思了。

草原是一个缥缈的词，我唱了这么多年海子的《九月》，还真没有踏上过一望无际的大草原。我们演出的时段很好，正值夕阳西下，我最喜欢在这个时间唱歌，阴阳交会，日月同辉。最后一首歌《九月》唱到中间，我的吉他出故障不响了，这种感觉就像在高速路上飞驰，汽车方向盘突然失灵了一样。短暂的心慌之后，果断地放弃吉他，好在有乐队的贝斯、鼓、键盘，轰隆隆地将我托起。我把所有注意力集中在自己的声音上，只是孤注一掷地唱，哪怕所有的乐器都不响了也不怕，这就是

“只身打马过草原”吧。

我后面是宋冬野上场，这个北京胖孩子现在火得跟李志附体一样，一上场台下的口号声此起彼伏。宋冬野挺厚道的，每次见到我都主动打招呼，经常赞誉万晓利和我是民谣老前辈，一听之下，感觉自己成了德艺双馨的老艺术家，要露出慈祥的微笑了。

紧接着是唐朝乐队上场了，唱片《梦回唐朝》是我心目中中国摇滚音乐史上的经典，一个巨大的彩虹跨过二十年青春不再的中国，然后落下来，他们一开始就给自己弄了一座珠穆朗玛峰，所以再向前就只能下滑了。这次看他们的现场，感觉功力恢复了五六成，就算只凭着这一半的功力，一击之下也是山摇地动。令我意外的是他们现场还唱了《国际歌》，台下上万人合唱，让我恍惚间回忆起二十世纪七十年代收听领袖追悼会的情景。

告别张北，一路南下直奔首都机场，飞向另一个会场：合肥诗歌大会。此次聚会名作“诗与歌之夜”，现场来了六十多位著名诗人，稀有啊！仿佛六十多个大熊猫聚在一起，我也姑且算作一只。想起小时候听到的那个故事：蝙蝠去参加走兽的聚会，过一会儿又去参加飞鸟的聚会，它弄不清自己是鸟还是兽，我也弄不清自己是歌者还是诗人。

这次诗歌大会同时也是一个影城的开幕盛典，主办方暗示能不能挑一两首喜气一点的歌，我想了想：《四月挽歌》《安魂曲》……惭愧啊，自己没一首吉祥如意的作品。

当晚参加朗诵的诗人有二十多位，有位诗人上台就说：我不朗诵了，我想早点听周云蓬唱歌。这话说得让我受宠若惊。我唱了《沉默如谜的呼吸》，外加北京诗人殷龙龙的《不着边际的香山》，还有《杜甫三章》，最后祝福诗人们要更有钱、更有前途。

会上见到了诗人梁小斌，他前一阵子患了眼疾，做手术刚刚恢复了一些视力。我跟梁老师开玩笑：别怕，失明了也有好处，可以堂皇地拉着姑娘的手走路了。我说："我是读您的诗长大的，《中国，我的钥匙丢了》。"他说他有个愿望，想多听我唱几首歌。"没问题啊，下回到北京，去您家专门给您办个堂会。"然后还见到了我很崇敬的诗人陈先发、简宁、杨健。杨健住在马鞍山，很少社交，他生活在自己的古典乡村里，那里曾有的土地祠、文庙、雕着花的房屋，在现实中都被拆光了，他的精神家园如孤悬海外的小岛，沉默地坚守着一方土地。

"两会"胜利闭幕了，我想回到凉爽宜人的大理，但是有一个音乐节的邀请不期而至，只有几天的空当，想到从昆明转机回大理，凉快两天又要一路辗转飞回长江三角洲，真是文化苦旅啊，算了，就索性待在江南吧。在江南困等下一个音乐节。

想起南岳衡山上的八指头陀，他在烟霞峰上打坐修炼。某日下山远游，到宁波的天童寺，一住多年，忆起清凉的烟霞峰旧居，有诗云："倦眠一石云为枕，冷入千林雪作花。何事人间频乞食，此心已是负烟霞。"我算是此心已负大理了！

于合肥

专栏入梦

在巡演的路上，白天坐高铁，晚上走台唱歌，演出完还要跟当地久违的朋友狂欢大酒，马上要喝醉的时候想起编辑和蔼的笑脸：专栏，交稿。兜头一盆冷水浇下，顿感酒意全无。写啥啊？焦虑中睡去，忽得一梦，整理如下。

我和一个姑娘登山拜佛，在梦里她好像叫韭儿。寺里的方丈很年轻，据说这里当初只有几间茅草屋，方丈发大愿，四处化缘募捐，如今寺院已经初具规模，很多居士都慕名来此修行。我们有幸进入斋堂，跟寺众一起吃斋，先由方丈带领大家念诵经文，然后男女分坐进食，不许说话。这种仪式感很强的吃饭，让我特有食欲，连吃了三大碗。饭后，再由方丈领颂经文，感谢大地赐我们食物。出了斋堂，我和韭儿大大称赞，这顿饭吃得真香，向往着能在此长期住下来，辞掉工作，隐身山中。说着说着，来到寺庙外的放生池，远看就是一个小湖泊，湖心有个石庭，沿着小桥我们走进去，里面四面挂着纱帘，山风透过帘子吹在身上，微凉温软。

此时山下正是夏日炎炎。我们一人一个长椅躺着，说起是不是应该买点乌龟和鱼啥的放生。

这时，一个小孩噔噔噔地跑进来，她看了一会，问：你们在做啥？斋饭带给我的平和美好的心情还未结束，我和蔼地问她：小朋友你叫什么名字。她没理我，直接和韭儿说：我进来时，你们在睡觉。我不善于跟小孩打交道，就又躺下来。韭儿很耐心，跟她说话。

忽地，她跑到我这边，拿起我的盲杖，乒乒乓乓地四处敲打，韭儿赶忙赶过来，说这是叔叔的东西，不可以乱动，咱们去玩别的。好不容易哄她放下盲杖，她到水边，又抓住一只蚂蚱，捏在手里，掐掐须子拽拽腿，韭儿赶忙劝，如果有人抓住你，这样折磨你，你会开心吗，她答不会。那赶快放了它。好。放走了蚂蚱，她又噔噔噔跑到我身边，趴在我墨镜上，问：叔叔你怎么一个眼睛大另一个小？

我背过身，嘟囔着：这孩子真不懂事。韭儿看我不高兴了，就把小孩带到远处，说，咱们回你家看看。她们走远了，我还在生着闷气，为了个小孩也真不值得，可怎么也平和不下来了。

过了一会，韭儿自己回来了，我问，那小孩家在哪，韭儿说，不知道，走了很远，她说自己回。哎，韭儿你真善良，我可没你这耐心。她没说啥，在我身上盖个披肩，你睡一会，我在旁边看书，有事叫我。半睡半醒地想着，刚才还跟方丈探讨佛法，贪嗔痴戒定慧，怎么来个小孩轻轻一推就垮了。

据说菩萨常会化身为人或动物来考验开释众生，会不会这小孩也是考验我的，想到此，翻身坐起，韭儿问我不睡了？我正想跟她说说想法，噔噔噔那小祖宗又跑回来了，喊叫着，姐姐跟我玩。完了，一大下午算别想消停了。韭儿又跟她玩了一阵扔纸团踢毽子，闹嚷嚷的，整个亭子里都是她唧唧喳喳的声音。我想，怕不是菩萨继续考验我呢，忍着吧。忍到太阳偏西实在忍不住了，说：韭儿，我们该下山了。韭儿跟她说明我们住的地方离这儿很远，要趁天没黑赶快走了。我站起来拿起盲杖，临别了，想起这样讨厌小孩是不太好的，搜罗身上没带啥好东西，就把手腕上的一串菩提子取下来，说小朋友再见，这个送给你，我们玩得很开心。她拿过去瞧瞧，又塞回我手，不要，太大了，不喜欢。我晾在那儿，韭儿解围，拉起我，说，下次吧。

下山的路上，心情好起来，我说了刚才关于菩萨的想法，逗得韭儿乐不可支。我们走走停停，她向我解说路旁的树多绿，小溪多清澈。萤火虫也出来了，天黑下来，我们坐在路边大石头上休息，我揽住她肩在她耳朵上亲了一下，我们静静地抱在一起，她的头发很长，铺散在身后，我们长吻，安静地憋住气，山林为之窒息。这时，一辆车轰隆隆地从山上下来，转弯车灯扫过，吱一声来个急刹车，车身控制不住横过来撞到路旁的护栏，下面是山沟，多亏护栏结实，车才没掉下去。司机拉开车窗大吼：吓死人了，一身白还那么长的头发，我们赶快上前赔礼，对不起师傅，我们迷路了，想在这儿等人问问，真对不起。司机人还好，那算了，看你们也不是坏人，坐我车下山吧，不然过一会别的车路过，非被你们吓个车毁人亡不可。

亭子里的小孩收拾起她的玩具，看那对男女走远了，反身钻入放生池。水被惊动得亮了起来，仿佛夜店的玻璃橱窗，大小乌龟甲鱼，泥鳅鲶鱼鲫鱼鲈鱼金樽鱼，还有青蛙牛蛙密密扎扎满水底的，刷地张开眼，小孩坐在中间：“我以为他们是来放生的，想赶紧闹他们走，明天我要在岸边竖起一个牌子，写上：鱼满为患，请勿放生。”眼睛们刷地闭上了，水里黑下来，梦也黑下来。

其他

绍兴一别

我准备移居大理了，那儿有民谣歌手老杨一，每天上午教幼儿园孩子唱歌，有他比邻，心定神安；还有野夫兄对酌，野哥虽然酒量不大，但是他喝酒的仪式感很强，开始几杯翻天覆地的，几两过后就趴在桌上睡着了；另外，大理的阳光也可预防我得中年抑郁症。

前不久我去绍兴搬家，绍兴是我移居大理前栖居的城市。四月的绍兴，香樟树的香气满街满巷子地浓郁着，让你感觉心里软软的，不忍转身走去更南的南方。绍兴家里有一把秦琴，一把雅马哈古典电箱琴，还有一把从美国带回来的泰勒民谣琴。秦琴录制过《关山月》和《杜甫三章》，雅马哈古典电箱琴录过《中国孩子》和《九月》，我琢磨着怎么能把他们带到大理，快递怕摔坏了，取舍再三后决定把体积小的秦琴先背走，那两把吉他就再寂寞一段吧。卧室里还有两个巨大的监听音箱，听音乐有录音棚般的好效果。我把他们用棉被严严实实地包好，放在大纸箱里，物流回大理。还有多年积攒下来的书和唱片，加起来一百多斤，也哼哧哼哧地运走了。家并没有搬彻底，留下一些锅碗瓢盆、开了封口的茶叶、几罐啤酒，也留下点理由下次再来。一个人跟一个城市是有命定的缘分的，你生在哪儿死在哪儿，在哪儿恋爱，在哪儿安度晚年，行止处冥冥中自有天定。

过去住在绍兴，黄昏时总能听见老虎叫，是那种疲倦的略带伤感的嗷嗷的一声声咆哮。要走了，我想探望一下这个老邻居，先要路过孔雀家、鳄鱼家、猴子家，到了公园尽头，只跟我的楼窗一墙之隔，笼子里住着那只消瘦的金黄的老虎，他住的地方比我的客厅还局促。一个被囚禁的国王。我说：虎兄，我要离开绍兴了，你好自为之。老虎趴在那儿，如老僧入定。笼子上写着：花十元可以买半只鸡喂老虎，我觉得挺有趣的就请朋友拍照。管理员见到我这个绍兴名人东拍西拍的，主动过来讨好：我们来喂老虎半只鸡，你们可以拍下来。他拿着鸡在老虎面前晃啊晃的，想逗弄老虎摇尾巴翻跟头，老虎很有尊严地岿然不动，管理员尴尬地解释着：他可坏了，其实它想吃却装作没兴趣。

告别了老虎，我又去金木酒馆，那个曾在题扇桥边很有古意的小酒馆，他们家的黄酒盛在缸里，一碗一碗地卖，平常的黄酒酒精度只有十三四度，他们家的是十八度，甘甜有力，三碗就倒。老板金木为人木讷寡言，就跟动物园的老虎一样不爱理人。有一天接到他的短信：我的酒馆搬家了，很久不见，很想你。收到短信，我受宠若惊，觉得他是外冷内热的人，心里是重情重义的。我循着地址找过去，酒馆搬到了一个新崭崭的小区里，周围都是楼房，没见到那些操着绍兴方言的老酒客光顾。两碗酒下肚，我问金木为啥放弃题扇桥的好地段搬来这里，他只是闷头喝酒。后来朋友告诉我内情，题扇桥附近属于古街保护区，本来管理者是要留下他这个“金木酒馆”，但是要取缔他隔壁的裁缝店，裁缝店的女主人是金木的相好，金木脖子一梗：她搬我也不留。为了这个故事，我又喝了两碗。临别时，酒意朦胧中我给了金木一个大大的拥抱。

在绍兴搬家期间正赶上李志演出，一线民谣巨星果然不同凡响，绍兴文理学院的音乐厅里唧唧喳喳四五百人，我以为绍兴是一个中年人的城市，现场却冒出来那么多年轻人，无拘无束地“李B李B”一声声喊着。我忽然觉悟到自己是在另一个频道上，平时接收不到年轻的绍兴。我在绍兴最近一次演出，现场来了一百多人，观众以沉静内敛的中年人居多，跟看交响乐似的，很有礼貌地鼓掌。我想：老要张狂少要稳，绍兴这个老街老巷老酒飘香且有众多老文学家的幽灵游荡的老城不容易让我青春焕发，我不想马上老，所以要离开。

离开绍兴前一天，我们大理国的另两位邻居“野孩子”乐队张佺、马雪松来绍兴演出。冬不拉、单面鼓，以及张佺朴素的如食草动物的歌声在“南方书店”响起，观众不是很多，坐在前排的几个总在唧唧喳喳地聊天，佺哥有点不高兴了：你们能不能小点声说话，听你们聊天我都听入迷了，忘了唱啥了。这让我想起几年前我初次在绍兴演出，台下也是很吵的，此起彼伏的绍兴方言高亢火爆，听起来以为大伙在吵架。那时我把“让大家静下来”的诉求编进歌词，唱着把现场哄安静了。

后来绍兴的演出越来越多，我的很多音乐朋友被我天花乱坠地蛊惑来此献艺，反正就是黄酒一瓶瓶招呼着，连林生祥和“野火部落”都被我忽悠来过。此刻，佺哥在台上稍显无奈，宛然如昨，但是这些年了还是有所改变。当地人看演出不再是一种向往文艺生活的热闹聚会，人们有选择了，开始挑剔了，有的人去看李志，有的人来看张佺。一个城市的成长可能比古树生长还要缓慢，就算很多人花上很多年的心血也只能看见浅浅的几道年轮，那些在树下乘凉的人们大概不会知道。

绍兴的火车站也搬远了，以前赶火车不慌不忙，十分钟到火车站，现在出租车要开上半个多小时。我背上大琴小琴大包小包坐上开往北方的高铁，天注定是个走江湖的命，虽说此心安处是吾乡，可安心之地在哪里。

于天津

向阳光灿烂处迁徙

在大理坐在露台上，左手一杯普洱，右手一杯木瓜酒，前有洱海拦路，后有苍山阻截，阳光尽情倾泻到你一个人身上，心肝肺被洗得金灿灿的，没有一丝阴影。这时你上网看到北京又是重度污染，请你一定要克制，克制你的幸福感，不然命运会报复的。

当雾霾像牛皮癣一样在天空中不断地扩大，水污染空气污染从北到南，更多的想安度晚年的人想偶尔洗洗肺的人纷纷逃到大理。我所租住的小区前些年房价低廉，无人问津，晚上黑咕隆咚的一星灯火都没有，现在一夜之间房子都已售罄，而且每平方米房价飙升到万元左右。小区里其实还是居住者了了，大多数人奋斗在北上广，在大理买了房子也无时间消受，只是偶尔在雾霾中想到自己在大理还有一套空房子，此刻阳光明媚，心里也会忽明忽暗地有了些希望。

艺术家们有着狗一样的嗅觉，对环境的好坏最为敏感。很多我当年在圆明园的朋友、宋庄的朋友以及树村的朋友，失散多年，常在大理街头突然地遭遇，见面通常会惊喜地询问：你也来大理了！因此大理的艺术家兵种海陆空日趋齐备。走在人民路上，不经意间看到穿着朴素的舌头乐队主唱吴吞走上来，后面是雄赳赳气昂昂的乐队成员，他们要去山上排练了。在“读诗吧”门口，作家野夫坐在小板凳上正在帮读者签名。导演张杨接他的一儿一女从幼儿园回家了。当年叱咤在北京美术馆门口的流浪歌手老杨一每天上午带领四十个孩子吟唱《归去来兮辞》。雾霾漫天胡不归？人生一世不就是图个好风好水好日头，再成功再有钱，癌症面前也是人人平等。

前面我说过要克制嘛，躲在被窝里偷乐，那是幸福的长久之道，老一代的移民很懂这些。十年前，他们闷着头坐在人民路边喝茶，小声聊天。一年几百块钱租个花园一样的大院子，见到北上广来的朋友就一脸苦相，好像一个被大都市淘汰的流放者。那时的大理宁静淡泊，整个一个“日暮倚修竹”的空谷佳人。现在的大理人爱显摆了，发微博发微信晒照片：天堂啊、净土啊，好词一筐一筐地倒出来。导致人民路夜晚大红灯笼高高挂，红男绿女挤成堆，两边门面房的租金也噌噌地涨。那些想一边做梦一边开个小店铺，够了一天的吃穿就打烊的文艺小老板们灰溜溜地关门转让，取代他们的是越来越多的翡翠玛瑙店、大中华麻辣烫。

我的朋友夫妻俩苦苦支撑着一个小的民营书店“海豚阿德”，卖的都是木心、卡佛和各种诗集，每天的收入还没有门前卖唱的挣得多。假设大理一家书店都开不成了，那就真正沦落为丽江第二了。我认识一个当地的白族司机，经常跟他聊天，他坦言：这几年外来人越来越多，当然更容易赚钱了，可是也有很多不方便，比方说晚上酒吧狂欢到半夜，吵得睡不好觉；街边摆摊的人密密麻麻，出入不便；物价上涨得他们也吃不消。

我们心目中勤劳善良的白族人也并非总是温文尔雅。有好几起房东与租房者的纠纷案，有的菜刀相向，有的闹上法庭。过去租一个花园一样的大院子很便宜，所以人们一租就是十年二十年，想在这里生活大半辈子，把自己的积蓄都投入在装修改建中。现在有钱的炒院子的人来了，一大笔钱咣当摔在房东面前，不由得他不动心，然后就是毁约啊，装作不懂法，找来当地的三亲六故群起而攻之。我有个有经验的朋友，签租房合同的时候根本不写法律条款、诉讼赔偿，直接一条：谁先毁约谁全家死光光。大理民间各种宗教依旧深入人心，这种冥冥中的诅咒可能比法律更有约束力。还有一个狠人，房东率领家族想驱逐他的时候，他在网上下载了一个癌症晚期的假病例，打印好了，拿给房东看，目光落寞地解说：我只有半年生命了，反正早死晚死都一样，这时候如果有人要逼我，我也不知道会发生什么。房东吓得一连声道歉：您接着住，住多久都可以。半年之后房东眼中的他每顿能吃一斤包子，感觉要起死回生。

也许这才是真实的大理，就像梦幻泡影般的爱情落实成了锅碗瓢盆的婚姻，大理不可能遗世独立于大环境之外。我们这些外来的植物，正想办法与土生土长的花花草草尽可能地和谐相处。很多人在这里生儿育女了，孩子在幼儿园跟当地孩子玩在一起，还学会了说大理话。今年春节，大理市长来到古城请外来艺术家代表吃了一顿团结的年夜饭。

三月，诗歌界的武林大会“天问诗歌节”落户在大理，主办者是诗人潘洗尘，东道主还有作家野夫、画家叶永青，众多诗人云集响应，林莽、李亚伟、雷平阳、蓝蓝、陈东东、车前子、庞培等诗人或者朗诵或者研讨，弄得三月的大理诗意飘香。

最后一个节目是诗人们与大理电视台合作的诗歌晚会。诗人们多江湖气，自由散漫惯了，电视台多的是庙堂之上的自身优越感，所以是狗咬刺猬两下怕。彩排的时候时间拖了很久，诗人们开始觉得不好玩了，发牢骚，出去抽烟，电视台的工作人员也小声嘟囔着：“也就是地方电视台，要是中央台拍，不也都得等着。”逗得我晚上唱《送别》的时候差点笑场，悲欣交集啊！

于大理

面朝大海，怅望祁连

——北方巡演记

五月，盛夏将至，号称“候鸟歌手”的我该向北方运动了，首选凉爽宜人的啤酒之城青岛。

青岛有传统的啤酒馆，是供老酒客专门喝酒的地方。我们先到海鲜市场随意挑选下酒的海鲜，大名鼎鼎的鲍鱼四块钱一只，摊主介绍今年鲍鱼价格大跌，快赶上蛤蜊便宜了。买好海鲜交给小酒馆老板，他可以帮你烹制，交点手续费即可。开喝前先去领一堆酒牌，长方形的金属牌上面写着该酒馆的名字，一个牌换一杯扎啤，非常有仪式感。我们四个人当晚喝了二十八个牌，微醺，恰到好处。最好的下酒海鲜当然不是鲍鱼，而是辣炒蛤蜊，总也吃不腻，吃完这顿想下顿。

我们住的地方也很特别，一个旧时代的德国监狱遗址，一部分改成宾馆，另一部分有当年的牢房、刑讯室、看守室供人参观。客房空落落的，很大。窗户高且小，阳光不易照入，冷飕飕的，还真有点牢房的感觉。同行的朋友应景地夜里总是噩梦不断。我们乐队的鼓手张蔚平时天不怕地不怕，某夜酒后想翻过铁栅栏来一次监狱探险，被我们阻止。等我们走了，他心有不甘，掏出手机对准黑洞洞的水牢窗口拍照，想发到网上吓唬小姑娘，结果手机突然自动关机。他以为没电了，开机一看，电是满的，吓得他赶快跑回客房，打开电视壮胆，彻夜无眠。

演出现场，虽然是正襟危坐的剧场，但是气氛火爆，有的观众偷偷带酒入场，边听边喝，台上台下醺醺然打成一片。我妈妈和妹妹也从北京赶来看演出，演出结束，妈妈夸我：演得太好了，非常精彩！这是我听到过的最令我骄傲的表扬。

告别胶东，下一站是中原腹地郑州。一夜火车，清晨到郑州，一碗胡辣汤下肚，满身大汗，回宾馆洗个热水澡睡个回笼觉，下午调音晚上开唱。郑州的演出场地 7Livehouse，几年不来已跃升为全国一流的演出大现场了。当晚大雨，来了四百多观众，让我们恍惚觉得如在北上广演出。

翌日，包车直奔洛阳。唱了这么多年“直下襄阳向洛阳”，这回可算真到洛阳了。住进宾馆，马上从读书机里翻出《资治通鉴》中武则天的那段历史。那时洛阳是中国的中心城市，定名为“神都”，地位在长安之上，政府部门皆以春夏秋冬四季命名，美女治国就是浪漫啊。

演出现场“喜堂”的老板名叫康圣贤，我们乐队高且帅的贝斯手小木本名牟英杰，两人凑成一副好对联。小康人很好，票房收入差不多都给我们了，临了把我现场没卖完的专辑全部买走，还请我们痛痛快快地喝了一大顿比利时啤酒，第二天又开车带我们吃水席，去白马寺。我们乐队有三个热爱佛教的人，白马寺为中土首寺，对于我们意义重大。在佛前我真心恳请：保佑全天下好心的主办方别再赔钱做演出了。

洛阳演出期间，北方大热，白天升至三十五摄氏度，候鸟歌手面对反常的气候也会失算，于是赶快向西北逃窜，到了祁连山下宁、甘、蒙三省交汇处的中卫。中卫满城都是槐花香，黄昏时烤肉味儿横空出世掺杂进来，然后一阵大漠长风吹过，就都散了。

虽然我在《盲人影院》里唱了“腾格里的沙漠，阿拉善的戈壁”，但是现实中我还没有走进过沙漠。“腾格里”蒙语意为“像天空一样辽阔”，它位于沙坡头黄河北岸。沙漠也是景区了，也要售票的，我买了骆驼票，刚想骑，被工作人员礼貌地婉拒了，他善意地解释这个骆驼有时会蹦，怕把我摔下来担责任。好吧，退票，自己走，踩着滚烫的沙子深一脚浅一脚像做足浴一样，没走多久，就到了“骆驼游”的终点，心里庆幸做了免费足疗，还省了五十块钱。到了黄河上想坐缆车，又被好心劝阻，一赌气绕路走下去，路遇两位好心警察用电瓶车把我们送到河边。又省了五十块钱。这以后知趣了，不坐飞索过黄河，从五百米长的铁索桥上走过去。心里窃喜：真是又环保又省钱，还不让别人为难。

晨起，想向沙漠深处走走，只用耳朵听，哪儿静朝哪儿走，那里必是沙漠的深处。远方像一口枯井，所有的声音都吸进去，城市的喧嚣向后退，越来越小，最后小得如针尖一丁点，周遭都是无边的寂静，身体被稀释得巨大起来。沙漠不荒凉，人们总称不文明之地是文化的沙漠，其实如有文化似沙漠，那一定是雄壮浩瀚的大文化。在沙丘上四肢着地攀爬，偶尔触到干枯多刺的植物，没有叶子和花，扎你一下，好像在说：别来那些虚的，在这里能活就不错了。头上一只鸟振翅飞向沙漠深处，让你费思量它去那儿找什么。没在沙子里的双脚，只要稍长一段时间不动就会感觉有酥酥的东西从脚面爬过去，偶尔还会被轻轻地咬噬一下。沙子下面也有很多生命，沙子本身你抓一把，细细地搓摩，每一粒大小都那么均匀，天神保证用一个最好的筛子才筛出了它们。难道宇宙中也有一个昌平筛沙子的收容所吗，流浪的灵魂被收容在那里，亿万年地筛啊筛啊，才筛出了如此辽阔的沙漠。

真想以沙丘为舞台做一场沙漠演出，可是沙子又不会买票，要唱歌要生活还得回到尘世中。于是，马上打车去长途汽车站，排队买票大包小包过安检，挤上去银川的快客。人海如沙海，我们是几粒会唱歌的沙子，边走边发出声响。

于银川

西北偏北唱游记

银川为什么不叫“金川”，有点谦虚又恰到好处的充满自信。演出前一周我就到了。

二〇〇一年某次北京失恋后，我曾经随心所欲地买了一张到银川的火车票，住在一个足球学校的学生宿舍里，每天背着吉他到附近的光明广场上唱歌谋生。记得一晚广场上放映露天电影《魂断蓝桥》，其中一个情节“蜡烛一根根熄灭了，今晚让我们来跳最后一支舞——一路平安”，那时深感自己生活里的蜡烛也将熄灭。十几年了，再来银川，心里想的都是好吃的好喝的。酒店里上秤一称，体重腐败地长了十斤。还是做点正经事吧。恰巧著名作家史航把他的一笔一万元的奖金捐给了“红色推土机帮助贫困盲童计划”。我怀揣这笔巨款来到“银川特殊教育学校”，给孩子们买了一些“阳光听书郎”，有个十二岁的小男孩，全盲，喜欢打架子鼓，很摇滚的，我到琴行给他挑了一个最好的非洲鼓。咚次哒次咚次哒次，打鼓总比拉二胡更能让盲童们活泼快乐起来。

演出前我去了贺兰山，贺兰山像一座大屏风矗立在银川西边。贺兰山里有我向往的南寺，那里有六世达赖仓央嘉措的灵塔。到了南寺，天近黄昏，先爬了很多台阶，到灵塔前拜了拜，然后绕塔三周，祈求他能赐予我行吟诗人的点滴心智。到了大殿里，由于天晚无法下山，我们向一位喇嘛求问周围是否有住宿的地方，喇嘛说：那只能住在我那儿了。然后带着我们走入侧院僧侣的宿舍，一间很朴素的房间，桌上摆好一罐清水一袋干粮，嘱咐我们随便食用。寺院寂寂，一夜黑甜，早起步行去三公里以外的悬空寺，寺庙下临深渊，渺无人迹。依山有一个罗汉洞，里面供奉着仓央嘉措神像。洞门前还刻着他当年在此降服千年巨蝎的传说。我伏在深渊上吊了吊嗓子，空谷回音，袅袅不绝，最好的舞台混响也不过如此啊。

下山的时候，心里正琢磨着巨蝎该长什么样，突然朋友拉我侧身路旁，很紧张地放慢脚步轻轻绕过去，我以为有人在路边解手，看了不雅，原来正有一条一米多长的大蛇回旋着横穿山路。我着急：赶快拍照啊，发微博啊。哎，就怕万一是毒蛇，还是走为上策。告别南寺，一路上都是好因缘，搭车很顺利，一程一程的，好像有人事先安排好似的送我们回到银川。

下一站是鄂尔多斯，出了火车站，遥望鄂尔多斯，大家惊呼：好像是纽约，高楼林立。车到近处再看，很多房子窗户门还没装上，空洞洞的，长着嘴和眼睛，好像一个吃不到人的沮丧的妖怪。鄂尔多斯酒风浩荡，接风宴上，两杯两杯的大白酒一轮一轮地干下去，我们是小心应付，左手一大碗酸奶，右手一大碗砖茶，不断化解，总算全身而退。演出时酒客居多，只卖了五十多张票，创此次巡演票房最低记录。

包头，一个那么像我的故乡沈阳的城市，也有铁西区，也有宽阔的马路，路旁有敞亮的自行车道，那里有很多东北人的后裔，连马路的名字都带着硬邦邦的粗犷的工人阶级的审美取向：钢铁大道、团结路……工人阶级的城市人情较淡漠，向火车站的工作人员问站台，直接回答：前面有，自己看。城市绿化很好，演出场地对面有一个巨大的植物园，演出前我在植物园里痛痛快快地吸了顿氧，以致那天舞台上我没怎么喝酒一样很兴奋。

在兰州招待我们的音乐人李建傧是个全素主义者，他讲他当初吃素最大的障碍就是忘不了牛肉拉面。我们违拗了他，下火车后先胁迫他到了一家拉面馆，让他看着我们大家每人一大碗牛肉拉面吃得头上冒白气。他的工作室就像一个雅致的佛堂，充满了藏香味道，日夜不停地放着佛经，住上两天，真是不想喝酒不想吃肉了。兰州现场很火爆，我翻唱了一首野孩子乐队的《黄河谣》，演出前特意到黄河铁桥上走了一趟，“日头总是不歇地走，走过了家走过了兰州，月亮照在铁桥上，我就对着黄河唱”。

兰州下一站是西宁，主办方很隆重地开了两部车来兰州接我们。西宁号称“夏都”，晚上睡觉还要盖被子。演出组织者高老四，十年前来，青稞酒是六杯六杯的拿盘子端上来灌我们，现在好了，他戒酒吃素，我们也长出了口气。酒桌上，他端起茶：来，以茶代酒，大家喝！我们端起酸奶：来，感谢主办方。一片温馨祥和的夕阳红景象。

演出完我们去了塔尔寺，塔尔寺是格鲁派创始人宗喀巴大师的诞生地。寺中有他母亲放牧劳累倚靠休息的石头，现已成为圣石。还有她思念游子修建的佛塔，见塔如见人。塔是母亲捡石头堆砌而成，后来改建成银塔，近几年升华成金塔。满山坡金碧辉煌的大寺院，发源于一颗意恐迟迟归的慈母心。

此次西北巡演，票房过百只有兰州。据我观察，西北观众更喜欢重型乐队，大概跟西北人性格偏强悍有关。还有，我演出的观众人数跟当地的书店和大学的数量略成正比，例如西安、兰州票房较好。在我，演出不单是为了票房，边演边旅行，耳濡目染不同风物，意义更大。等将来票房为零的那一天，自己也可以写过往的故事聊以为寄。

于西宁

角门半掩，海风吹入

大明帝国想赐远方蛮夷一个跪拜天朝的不毛之地，澳门就租给葡萄牙了。二十世纪八〇年代，我上中学的时候听过一个报告，讲者向往资本主义社会灯红酒绿的生活，到澳门一头栽进赌场，后来沿街乞讨，最终回到了祖国母亲的怀抱，听得我们心惊肉跳，暗想将来可千万别被人送到澳门去。

截止到二〇一四年，中国所有的省级行政区我都演出过了，只差一个澳门。赶巧来了邀请，澳门举办“城市艺穗节”，主办方邀我去演出。

我们被安排在政府公寓居住，每人还发了一张公交卡。放下行李，第一个项目就是坐公交车满城转。车上自动报站器每到一站是用粤语、普通话和葡萄牙语三次说明。澳门车站的名字都很有意思，有什么烧灰炉、亚马喇前地、水坑尾，还有白鸽巢、妈阁庙、民国街。我们就住在妈阁庙旁，应该是妈祖庙吧，据说当年葡萄牙人上岸后问这是什么地，当地人用方言回“阿妈阁”，所以葡萄牙人称澳门“Macao”。澳门的很多街道都有两个名字，一个是葡语的，一个是土语的，我们汉族人听起来都挺晕的。

当晚主办方推荐我们去一个广场集市逛逛。摆摊的都是一些学校、政府机关，还有各种民间机构。比如，法院摆的摊，介绍一些刑法案例。还有监狱摆摊，展示一些玩具手铐，宣传该监狱有多么好。女子中学、老人院，都是一边玩着各种游戏，一边普及自己的机构职能。

我们参加的“城市艺穗节”也是这种模式。主办方选了一个湖畔小广场作演出场地，说就这一片地，我问：舞台装在哪？主办方说您随意。广场正对澳门特首办公楼，原为澳门总督府。我一想，“衙前庙后”乃风水大忌，就把舞台偏移了一下。演出是免票的。担心澳门人听不懂我们唱什么，我们将每首歌都打出了繁体字幕，效果很好。越唱台下的人越多，有拉着孩子散步的，把孩子摁在那儿坚持听了好几首。还有一些老人，我唱王洛宾《永隔一江水》的时候，他们很有共鸣。一个巴西的小伙子，认真地听完整场演出后告诉我：我听懂了，你的歌好像挺革命的。

演出后就开始自游了。“大三巴”牌坊太有名，不在关注之内。随性一个个小胡同走，哪人少往哪走，越走街越窄人越老，路边店铺越小。有个怀旧小店，里面有手摇唱机、文革茶缸，还有老式缝纫机。有个老奶奶，在路边卖纸货，祭奠用的，纸房子纸马。并排还有香喷喷的饼屋，蛋挞杏仁饼猪油糕啥的，都是现做的。

走着走着撞见了一个老剧场，十九世纪修的，是当年澳门上流社会重要的社交场所。进去一看，海报上还有演出消息，一百多年了，它还能用。剧场是两层的环形看台，里面能坐两百多个人，舞台也是两层，下面是乐池，上面是歌舞的地方。真想在这搞一场民谣音乐会，向前辈幽灵们汇报一下中国当代音乐的创作情况。剧场边有一个古老的图书馆，当年是富商何东的宅邸，捐给了政府。后院有一个大喷水池，周遭是露天的阅读散座。我想在此捧读一本萨拉马戈的《修道院纪事》，读累了就听听隔壁圣约瑟教堂的钟声，看看眼前这个欧式的大花园，会以为还在书里。

基督教坟场前面有个小教堂，后院是基督徒和传教士的墓地，看墓碑上的文字，他们的一生都很短促，大体上是十九世纪上半叶卒于此。大多数墓碑上刻着一句话“He departed this life on ×××”，直译成汉语是“他们离开了此生”。这是对死亡的另一种阐释。如此，这个墓园就成了个候车室了，车已开走，检票口已关闭。

有位做服装的朋友，是基督徒，她做的衬衣上用盲文绣了《圣经》里的话“爱是永不止息”，她找我帮着做个视频，摸读衬衣上的盲文唱一下这句话。正好我挺喜欢逛教堂的，主教山上有个大教堂，十七世纪建造的，去了一两次，天气好的时候门前都是拍婚纱照的，没空位给我拍摄。在澳门的最后一天下大雨，这下好了，一个人没有，我就站在教堂的门厅里侧，借用教堂的混响，唱了这一句“爱是永不止息”。教堂的空间混响是最美的混响，越唱越感觉自己高大。后来有位年长的嬷嬷出来，很谦卑地询问我们在做什么，说这里是谢绝演出的。我解释唱的是《圣经》里的话。嬷嬷默许了。

还有几个小时的时间就要离开了，就去“大三巴”看看吧。一个大门洞，我穿过去，摸了摸烧毁的教堂的残垣断壁。大门洞出来后见旁边有个哪吒庙，这让我挺感兴趣。原来一百多年前这里发生过一次大瘟疫，估计基督教没能遏制瘟疫的蔓延，当地人梦见哪吒，说给他建个庙，他能把瘟疫搞定。庙修好不久，瘟疫就消失了。这也是传说中土神和洋神的一次较量吧。每年阴历的五月十八，那是属于哪吒的节日，当地人会把他的神像请到一顶金色的轿銮中，敲锣打鼓地抬着他巡游祈福。

于昆明机场

我在汉源当评委

汉源，成都西南雅安下属的一个县，县城也称萝卜岗。此地有个全县父老喜闻乐见的节目“唱响汉源——新生代歌手大赛”，今年我是这次比赛的评委。

曾经接到电话：周老师，我喜欢您的音乐，我们的选秀大赛想邀请您。我马上会问：难道你们还缺评委吗？对方会略带歉意地回答：不是，是邀请您去唱歌参赛。如是者，多次。今年夏天终于接到一个电话：邀请您来汉源当评委。人以国士待之，咱也要以国士相报啊。

到了汉源，提鼻子一闻，满城的花椒味儿，原来这里是四川花椒的重要产地，全四川的“麻”都倚仗于此。城市很新，楼房梯田一样地排向山顶。比赛在电视台的演播大厅举行，赛前门口车如林人喧嚣，工作人员都在忙着接电话：我手里也没票了。刚开始心里还有闹着玩的感觉，等坐到评委席上，感受着选手赛前的紧张，父老乡亲殷切的目光，觉得肩上的扁担压上了好几桶铅水。

赛制还是有点小复杂，没学过小学四则混合运算的会有点懵。先是两两选手 PK，负者进入待定，再和网络人气王 PK，最后微信平台投票还能再捞上来两个。我的任务就是点评歌手的表现再选择一个晋级，赛前已经拿到了当地文化部门官员的尚方宝剑：铁面无私，公正即可。

听了一下，参加比赛的选手主要分为三大流派：一种是民族风的，藏歌、彝歌，蓝天白云型；二为港台流行歌曲，情爱纠结型；第三种是学院式的民族唱法，大多来自成都的四川音乐学院，受过专业训练的，有高音有胸怀，祖国啊母亲啊……我评判的个人标准是唱歌走心，当然要有基本的技术水准。那些技术很好，高音穿云裂帛声震屋瓦，但是演唱没有个人一点点情绪的，我都把他们选择掉了。很大胆的是当晚比赛电视台全程直播，甚至没有几秒钟的延迟，电视台请我来当评委，还真是信任啊。

比赛第二天，想到县城外的小镇走走，一上公共汽车，好几个人主动起来让座，我心里嘀咕：真是文明啊。到了镇上，总感觉有人指指点点，我长发墨镜的，对这些也见怪不怪了。路边水果很便宜，买了十块钱的，小贩还白送了几个苹果和李子，我们推辞不要，正在拉扯中，旁边摆摊的大姐赶过来问：您今天不当评委了？我恍然：今天我成名人了，至少在汉源。

中午小饭店里吃饭，一位老奶奶带着小孙子进来，劈头就问：您今天不当评委了？我问她：您爱看这个比赛吗？她说很爱看，小孙子也爱看，他们共同支持某位男歌手。我问：那您希望谁得冠军。老奶奶很冷静地回答：谁得冠军，奖金又不会分我一分钱，我就是看看，图个高兴。

吃饱了饭，走街串巷，得知当地有流沙河，乃是沙僧老家，虽然想想这里有点偏离取经路线，还是想去河边听听流水声。一路打听，走田间小路，穿梨园、苹果园，到了流沙河边，已离小镇很远了。沿着流沙河走了一会儿，有点迷路，加上大太阳晒着，暑热难当，想回镇上，甭说出租车，连个三轮车都找不到。正发愁间，一美女骑摩托路过，在我身边嘎然刹车，惊呼：评委老师你怎么跑到这儿来了！我告知因为贪玩迷了路，美女二话不说邀请我坐上摩托车后座，一路呼啸，冲过了几个大水洼，拐上了一条水泥路，路旁种着花椒树，红花椒绿花椒，一串串的，麻辣袭人，感觉生活幸福多了，像个小火锅。她没有提到自己喜欢哪个歌手，希望我帮他晋级，甚至没有提比赛的事情。把我送到目的地，追问之下，她只说姓吕。

回想起来，念念不忘，汉源人民真是好啊，就电视上露了一脸，说了些意气用事的话，人家就这样待见你。再思再想，为啥别人都争着抢着去参加选秀大赛呢，在四川的一县城当了一晚的评委就如此幸福了，要是在全国性的电视台上出了点风头，那第二天幸福真不堪设想。或者人们崇敬的是电视本身，比方你坐在路边唱歌和坐在屏幕里唱歌，那就是天上地下的区别。我在饭桌上喝着小酒，说点道理，如果饭桌变成液晶屏，我被数字信号点化成幻影，那每一句话都会套上光环。就像美国小说家尼尔·盖曼的《美国众神》里讲的：电视，是个新出现的神。它汲取着众人的信奉，越来越强大，能够保佑你升到天堂，也能把你打入地狱，我还是不愿意为它献上一根香，尽管我也偶尔会出现在屏幕里。比赛还有三场决出最后冠军，我坐在宾馆的房间里想：怎么没有人来潜规则呢？格调不高啊！因为没有电视会拍摄到自己的内心。在没有镜头的日子里，君子慎独。

于汉源

琴瑟友之

一把好琴之于一个爱琴的音乐人，就是他的良辰美景奈何天。每一次去香港，都是先去通利琴行，楼上楼下转三圈，每每遇到品相高贵的吉他，摘下来拨弄个把小时，虽不能据为己有，就算过过手瘾了，反正店员不会有意见。弹美了，然后心中发狠：明年多演几场，攒点钱把这宝贝收回家。大概祥子见到崭新的洋车时也是这种心情。

我的第一把吉他是一九八五年父母送我的礼物，二十块钱，百灵牌的吉他，大三合板的琴箱，琴颈粗糙磨手，但是对于一个音乐上饥饿的孩子，这就是山珍海味了。从一弦拨到六弦：mi-ti-so-re-la-mi，我感觉到一扇悬挂着瀑布的窗哗啦啦敞开了。那时沈阳弹琴最好的都在监狱里，其次好的是刚出监狱的：老鸽子、二德子，那是铁西的吉他二王。对，那时吉他叫六弦琴，或者叫流氓琴。我们小屁孩，跟着人家屁股后面转，路灯下听他们唱《路灯下的小姑娘》，偶尔能受一两招指点，那就是如获至宝了。最早会按的和弦是AM，这个黯淡忧郁的小三和弦能够通吃很多校园民谣。

等到在天津上高中的时候，我省下学费买了一把古典吉他，开始弹

《爱的罗曼史》，只会弹上半段，下半段到现在也没有练好。

上大学以后，别的院系的女生们都一窝蜂地往我们院的音乐专业跑，他们有琴房啊，来，我教你弹吉他吧，门一关，有情调啊。我们中文专业的，来，我们一起看世界名著吧，一帮人挤在一个大教室里。我虽然会弹吉他，但是只能弹一些古典曲目，没胆子唱歌。大学快毕业的时候，姑娘们尘归尘土归土了，我依然孑然一身，这时候破罐子破摔置之死地而后生了，有一天“嗷”的一嗓子竟然就唱出歌了，给我读书的女生听傻了：啊，你还会唱歌，唱得还挺好的，早知如此……

毕业了！

毕业咋了，学校只不过是个小天地，咱去北京路边唱去，大海淀，图书城，朝九晚五，从罗大佑唱到齐秦，晚上再唱回罗大佑，青春无悔，挺爽的。街上常能遇到高手指点：您这琴不行，换把好点的。街边加班加点几个月，攒钱买了一把四百多阳光牌的电箱琴，预示着生活从此阳光普照。后来这把琴在走西藏的时候被人偷走了，虽然曾想尽办法将它赎身回来，但是已经被摧残得面目全非。我在拉萨北京西路的小酒吧里唱了半年英文歌（唱别的歌老板不给钱），翻来覆去的就是那几首：*Tears in Heaven*、*Yesterday*、*Love Me Tender*，藏族人、外国人都听不太懂。

回到北京，一看，小河、万晓利换琴了。那时候他们推荐我买一款韩国电箱琴，三千元左右。这半年西藏的血汗钱换了一把韩国产的艾宾斯，那把琴还不错，硬朗、饱满，那是二〇〇二年，三十二岁的我终于开了洋荤。我开始去三里屯演出，后来去了北京地下摇滚乐的前沿阵地：无名高地，这把琴跟了我三四年。某次深圳某媒体举行慈善拍卖活动，让我拿出一件珍贵的东西参加拍卖，拍卖所得用来帮助贫困孩子上学，我说谁买我换点钱？人家说：那你会制造新的贫困。后来我一咬牙就把琴贡献出去了，好像拍了五千多，捐给了一个贫困家庭，对于这把琴来说也算是善始善终了。

二〇〇五年，我在琉璃厂购得一把音色非常干净清亮的 Yamaha 古典电箱琴，弹分解的时候，尼龙弦颗粒感强，中高音区比钢弦更加致密温暖，挺适合我的音乐路子，这把琴跟着我录了《九月》和专辑《中国孩子》，真是一起携手闯天下的“老伙计”，现在它寂寞地躺在绍兴我的旧居里，明年我一定把它隆重地迎回大理。

二〇〇八年的时候，我经常与“小娟 & 山谷里的居民”同台演出，他们乐队的吉他手小强弹得出神入化。那个时候我开始参加一些音乐节了，大舞台上演出经常会出现吉他啸叫的问题，小强向我推荐他最称手的兵器：加拿大古典电箱琴 Gordin。这款琴音质比 Yamaha 的古典电箱琴还要好些，琴体很薄，琴身和电吉他相似，是实体的，在舞台上很少啸叫，后来的专辑《牛羊下山》以及近些年来的巡演和大音乐节的演出，都赖此君稳定发挥，以至于我以后买的 Taylor 和 Gibson，虽然都比它贵，但是就是没有上场的机会。可就在不久前，Gordin 在一个大学的讲座中翻了船，对于它来说也就是个小场面的亮相吧，但不幸拾音器的电路板被烧坏，当地没人会修，送到北京，结果要从它的家乡加拿大运配件过来，往返月余。Gordin 终于因病当了替补。

Gibson 电箱琴是我的朋友从澳大利亚带给我的，它就是一个典型的美国大妞，琴箱体积超大，声音强壮结实。因为最近我有了乐队，有了一个凶猛的鼓手张蔚，有了一个气场超强的贝斯手小木，我用一般的家伙什儿盖不住他们，索性来个重于泰山的 Gibson，又添置了一款 The Dreamscape 签名版的效果器，Gibson 啊，希望你珍惜这来之不易的上场机会，好好完成年底的几场重量级演出。

正当我陶醉于这个山外青山楼外楼的吉他世界里，一天撞见了小河，他不屑地说：你还买吉他啊？我说：咋了？有啥新潮流了？小河亮出了他的新兵器：中国民乐——阮，四根弦，一千多块钱，不用插电弹起来声音杠杠的，比我们插电接效果器声音还有穿透力。哎呀！我又落伍了？或者，随着出场费的增多，我将要庸俗了。

于香港

大密度的黄金周

黄金周别人放假，做歌手的最忙，假期中我要连唱三场。

十月二日大理草莓音乐节，演出前有一个诗人与歌手对谈的活动，出席的诗人有潘洗尘、李亚伟、雷平阳、树才，歌手有我、张玮玮、钟立风，大家谈的主题是诗与歌的关系。钟立风说得美了，还主动清唱了一曲诗人郑愁予的《情妇》。有学生提问，我们这些异乡人为什么最终选择住在大理？张玮玮答：家乡都被拆得面目全非了，现在回到大理心里还踏实点，且把他乡做故乡。

晚上八点我唱完最后一首歌，还来不及返场，就赶快搭车连夜赶往昆明，第二天要参加“上海爵士音乐周”，要赶早上七点多昆明到上海的飞机。半夜两点，车到昆明长水机场附近，找了个小宾馆和衣而睡，刚一闭眼睛就六点了，马上起床去航站楼。

上海的演出地点在最繁华的陆家嘴，入住的酒店规格很高，能听见黄浦江上的汽笛声，房间茶几上还有赠送的红酒，中午我和乐队一起在酒店吃工作餐，我最爱的鱼生啊，一大盘一大盘的，没出息的我啊，连吃了三大盘，吃得我直打冷战。

晚上演出，天气格外好，深蓝的天空，飘着轻薄透明的云，这是上海的朋友描述的，她说在这种夜空下听我唱《不会说话的爱情》，觉得上海滩还是挺美的。我们演完，接着上场的是崔健，一首歌结束，崔健喘着气问大家：为什么二〇一二年末日没有到来，因为有摇滚乐，摇滚可以驱魔避邪。老崔唱歌依然很有劲儿的，感觉他从来不会衰老。

演出结束，不敢喝酒不敢夜宵，马上睡觉。次日早起，收拾行囊，挥挥手对着冰箱里的红酒、盘子里的鱼生感伤地道别。

苏州的"太湖迷笛音乐节"派人来接了，车已经到楼下了。从陆家嘴一路到吴江小镇，稍微有点心理落差。演出场地是一个空气新鲜清凉的湿地公园。我与乐队在"丝舞台"做压轴表演，由于今年我和乐队的演出质量大幅度提高，在音乐节上也能压轴了，这属于一种业内荣誉。舞台上我一直摸手表看时间，迷笛演出少演不怕，多演有可能要被扣钱的。不过还好，提前几分钟在高潮处戛然止步。当晚迷笛官微评价演出："纵然有万般不舍也只能头也不回地道别，民谣诗人周云蓬的歌声沉静内敛，像湖面上轻轻推开的微微波澜，水面之下却暗涌着悲伤。清亮的嗓音搭配轻轻的吉他声，诗的声音划过夜晚，在每个人心里隆隆作响。"

三场演出结束了，该过自己剩余的黄金周了。六号我到了苏州，直奔我最喜欢的网师园。园里游客不多，清静温暖的下午，跨过一个个门槛，上台阶下台阶，左转右转，听到一面面墙扑面而来，又斜刺里闪过去，走到后院的水榭，坐下来打个盹，据说池里的荷花已经枯萎了，池塘里有一尺多长的金鳞鲤鱼，只是据说吧，听着就可以了，不用偏得看到。

离开网师园又去了沧浪亭，走街串巷，路边还有水井，有当地妇女在井边洗两大盆衣服，沧浪之水清兮，可以洗我衣啊。沧浪亭里有很多竹子，什么：箬竹、鹅毛竹、湘妃竹、矢竹……我最喜欢听风吹竹叶的沙沙声了，那是个人平庸的日常生活能够承受得起的自然之声，如果我有个小院子我就会种上几颗竹子，风“竹”配残年，偶尔能吃上一盘新鲜竹笋就更完美了。

赶在天黑前又去了城东北角的耦园，我有个逛寺庙和园林的诀窍，就是快下班的时候进入，那时候旅游团都走了，游客也寥寥无几，你可以独享雅静。到耦园的时候差一小时就关门了，里面是空空荡荡的对称的厅、轩、阁。这曾是一对爱侣隐居的住所，房间的结构就像古代的律诗，格律严谨、对偶工整。西花园里有假山，东花园里就有真水，南门有路登车，北门有河上船。什么样的爱情可以住在这里，幸福得太过头了。那些秘密都留在那些没有点灯的房间的阴影里，我一个个房间穿行，仿佛听到那些幽灵低语：可怜你们这些不肖子孙，过的是啥个日子啊。

黄金周最后一日，去了寒山寺。离寺老远，就听见里面的钟声咣咣地敲个不停，心里暗喜：今天赶上好日子了，不需夜泊枫桥就可以听到钟声了。准备买高昂的门票，但是心里很抵触，想如果超过一百元就不进去了，结果票价二十元，还算好。寺里的钟楼花五块钱可以敲三下钟，原来如此啊。到了寺院的后面，有个清静的法堂，正在播放慧律法师讲经的视频，我曾经拜见过慧律法师，他还给我摸了顶，很喜欢他幽默智慧的讲法风格。在这儿见到，索性不再逛了，坐下来听他讲，电视里的法师好像是在专门开导我：那么忙干嘛呢？心里不清静……

离开寒山寺去阊门，因为我在《四月挽歌》中写道："在苏州城的阊门外，梦中的家门窗紧闭。"进入阊门拐进一个小胡同，一看竟然是"专诸巷"，就是那个爱母亲爱做鱼，替好友杀人的刺客专诸。走上几步，一抬头，发现一个门楣上写着：许仙白娘子故居，这里就是许仙和白娘子从杭州逃到此地开的保和堂药铺，希望卖的不是假药啊。再拐几个弯，到了另一个庭院深深的园林"艺圃"，先是一堵粉墙上粗粗的藤蔓盘绕其上，像是一篇墨迹斑驳的古文，后院有一个大茶室，很多当地老人说着苏州话在那里喝茶，估计要喝上一天。

最后走上七里山塘街，在路边啃了俩腊猪蹄，喝了一斤杨梅酒，为我的黄金周画上了黄灿灿油乎乎的一个大句号。

于苏州

Flying Blind

三十七岁的时候，我才第一次坐飞机。这以前也曾经梦见过，机舱门旁坐着售票员，敲打着票夹子吆喝着：刚上飞机的乘客请抓紧买票。梦是现实的投影，果不其然。

二〇〇七年，我应邀参加云南丽江的“雪山音乐节”，主办方报销机票，北京飞丽江。那次飞机上有一半都是来自北京的乐队和乐手家属，我们戏言：如果这个飞机出事了，中国地下音乐可消停了不少。跟我同机的音乐人小河靠窗坐，给我一路解说：云彩一团团的，看上去就像雪白的宫殿，让人真相信里面住着仙人。可能那回第一次坐飞机的不只是我一个人，有乐手问空姐哪儿可以抽烟的，有在午餐时要二锅头的。起飞降落都很平稳，基本上没有什么惊险的印象。后来就一飞而不可收拾了，音乐节越来越多，有的远程巡演也要乘飞机赶场子。

飞机是一个最易让人产生终极思考的交通工具。起飞或者降落的时候，机舱中的气氛会突然凝重起来，人们都静静地等待这几分钟的流逝。偶尔会有小孩儿大哭，我想那是因为机舱里多了个不速之客：死神，每一次剧烈的颠簸、摇摆，我们都恍惚看到它飘飞的衣角，或者一丝狡黠的笑。估计这个时候大家心里都会默想：如果我马上完了，那该怎么办？有什么遗憾吗？等这几分钟过去，我们又开始盘算着明天的交际、这个月的计划、男女关系啥的……

都说飞机是最安全的交通工具，有大量的统计数字对比可以证明，但是统计归统计，概率对于个人好像并没有那么大的安慰。某次在湘西乘船渡河，我要踩着木跳板颤巍巍地走到船上，船也晃，跳板上下抖，加上自己腿哆嗦了几下，结果扑通一下掉河里了，掉下去的那一瞬，恐惧反倒消失了，心里觉得踏实了，没等呛上一口水，几只手就把我捞了出来。

还有一次，冬天去五台山，赶上下雪。盘山路上结了冰，冰上一层薄雪，坐的中巴车不知怎么就来了一个急刹车，车打横，撞到旁边的护栏上，护栏下是山涧，车上人的惊呼声是在车撞到护栏一两秒之后才响起的。朋友把我领下车时我还不知道发生了什么，经人描述，我才知道自己刚在鬼门关前转了一圈。但是再坐船或者坐车，心里并没有强烈的阴影，因为水和地都是你比较熟悉的领域。在天上就不一样了，那么一大个铁盒子装着你飞上去，偶尔忽悠一下又沉下去了，它强悍又无比脆弱，一只鸟就可以把它撞伤。飞行员是否性格孤僻，他昨晚和他老婆吵架了没有，他是否悲观厌世，这一切你都无从把握。如果一群鸟坐在飞机里，估计它们没有那么大的恐惧感，对于我们这种两足直立行走的地表动物，天空意味着深渊。

我是一个准佛教徒，吃肉又喝酒，进了寺庙，还是要一个殿一个殿地拜一拜。跟佛祖最亲近的时候就是在飞机上，遇到气流机身跌宕起伏的时候，我通常会默念观音菩萨法号，因为观音闻声救苦，且千手千眼，观照小人物的小灾小难，反正站在地面上拜佛，真没有在飞机上那么虔诚。

我经常乘坐各个航空公司的航班，也总结出了一些行业规律。有的航空公司服务比较周到，比方我作为视障人单独乘坐飞机，好的航空公司会很礼貌地给你叫来地勤人员，把你送上飞机。乘坐过几次亚航，空乘都是把我安排在最前排，还把氧气面罩取下来让我摸摸，告诉我怎么戴上去。但也有一些很懵懂的机场服务人员说：你一个人看不见上飞机，我们没有相关规定啊，然后就是打电话查文件，最后说给你安排个轮椅吧，这个符合文件要求。等到一个娇滴滴的小姑娘用轮椅把我推上飞机，真伤自尊呐，但是如果不坐轮椅，那就别飞了。

还有就是飞机着陆的那一刹那，是我评判整个飞行质量的关键点。有的飞机降落如同被击落，咣当一下，前仰后合，左摇右晃。有的就是平稳顺畅，如行云流水，就像一个好的护士给你扎针，你还没觉得疼呢，药已经注射完了，好了，提上裤子走吧。

二〇一四年三月八日马航 370 航班失事，我事后写了一首诗：

每次飞机失联，

都是个恐惧的无底洞。

我也不能说啥活着真好，

珍惜今天。

就是看不到底让人眩晕的大空虚。

你要战战兢兢地走过去，

走回日常生活。

对于两百多个人的消失，一首诗的存在轻如鸿毛。如果我在那架飞机上：

我在网上预订了马航370的机票飞北京，这个航班夜间起飞，所谓的“红眼航班”，机票比较便宜。坐在座位上，系好安全带，这时是后半夜了，向空乘要了毛毯，盖在身上，赶快睡一觉，醒了就到北京了。在睡眠的尽头我做了一个梦，梦到我睡在自家的房间里，突然，成百上千的人在外面敲我的窗户和墙，一下子拥进来，大喊一声，里面也有我的声音，并且最响亮。

我系上安全带，向空乘要了毛毯，沉入睡眠，不知睡了多久，我醒了，飞机开始下降，我打开遮光板，很惊讶，窗外不是灰蒙蒙的北京城，而是无限蓝的大海，大海从下面张牙舞爪扑上来，我觉得自己没醒，在另一个梦里，然后，我就闭上眼睛，侧身又睡了。

我坐在座位上系好安全带，周围的乘客纷纷靠在椅背上入睡了，我睡意全无，我向空姐要咖啡要茶要啤酒，我想着：唉，又是北京，今天要见什么人，要是堵车怎么办，我一直清醒。但是我不敢再假设下去。替一个清醒的人假设到生之尽头是不道德的。

祝福那些人只是消失而不是死亡。也祝福所有的人死亡来临前少有恐惧和疼痛，把恐惧留给活着的人吧。如果我死了，我带不走我的房子和钱，当然我也无须带走丝毫恐惧。而活着的人，他们什么都拥有，包括那些不好的东西。

于大理

讲讲大理的坏话

很多“老大理”抱怨，就怨你们这些后来的文艺分子，动不动在网上晒照片，把大理夸得什么似的，搞得来的人越来越多，古城快变成王府井了，关键是手贱，加上眼皮子浅，看上一眼蓝天白云就憋不住要发朋友圈告之四海。

好吧，那么说说大理的不好，为重建宁静大理做点贡献。

洱海爆发了好几次大规模的蓝藻，水污染日趋严重，有变成滇池第二的可能。苍山在大跃进时老树都被砍光了，现在都是后来长出的次生林，山上的溪水也有断流的危险，等到苍山洱海不能阴阳互补，大理的生态就崩溃了。当地人跟外来者矛盾重重，大批新移民导致大理物价飞涨，本地人再也不能悠闲平和地烤太阳过日子。家隔壁就是客栈酒吧，天天听非洲手鼓民谣弹唱也会呕吐的。

前不久，还拍摄了个大理的电影《心花路放》，好像说这里有艳遇，一夜情有点多，弄得本地人感觉玷污了大理的好名声。很多游客出机场就目光炯炯，春心荡漾，腆着中年人的大肚子，开始做起粉红色的梦。人民路整顿中，浪漫地唱着李志、赵雷的流浪歌手收摊去丽江了。由于房租日新月异，好玩的店铺难以为继，纷纷关门歇业。曾经的“怪人”销声匿迹了，那些特立独行自在有趣的人仿佛濒危的物种，在大理越来越难以存活，剩下的是千人一面的复制者，一批批地粘贴在此起彼伏的客栈里、卖珠宝翡翠的商铺里。

那个坐在人民路卖状元粥的姑娘不见了，她每天自己煮粥几十碗，卖完就怡然自得地收摊回家。洋人街上，没有洋人了，满口“川普”或云南普通话的老外回国了。大理丧失了最初的包容，变得小里小气狡猾世故起来。

还有一些北京上海混不下去的伪艺术家，打着远离都市的陶渊明招牌，混在大理。他们不好好弹琴唱歌，先给你讲一套道法自然、人天感应、奇经八脉、六脉神剑，然后煞有介事地哼哼几声拨弄两下。悟了吧，弄得你如梦方醒，悲欣交集，无私地贡献财和色，还美其名曰供养艺术。

大理的文化饭局，通常由儒商、文化名人，还有美女组成，大家各显其能各负其责。财大气粗者豪爽买单，学富五车者传道解惑，美不胜收者巧笑嫣然。别的动物想上桌，恐怕难于上青天。有的客栈酒吧甚至在招揽客人的广告词中，大谈在这里你能偶遇周云蓬等艺术家文化名人，见个周云蓬有啥可盼望的，我天天见，烦死了，生活还不是一样的乏味无趣。

大理的文化人，二〇一五年搞了个自己的“春晚”，唱歌跳舞排练话剧，文化气氛方兴未艾欣欣向荣。不料，去年忽然没理由地就拉倒了。众多艺术家辛辛苦苦排练了话剧《茶馆》，本人在里面好不容易争取到一个角色——茶客乙，就一句台词：“将，你完了。”结果，我们完了。演出了第一幕，第二幕再也没机会演了。用句相声术语：这叫什么事儿呢？

大理是中国的大理，与祖国同呼吸共命运，想自甘堕落，祖国人民不答应。所以，别总想眉来眼去勾勾搭搭，满足你在北上广难以启齿的歪心思。大理就算是个美女，那也是个正义凛然的美女，绝不容邪门歪道者冒犯。

最后，大理的机场建在下关的风口，如果赶上风季，你胆敢坐飞机来，进入大理境内，飞机一哆嗦，开启过山车模式，忽悠忽悠地，让你感到“富贵五更春梦，功名一片浮云”，想起所有保平安的咒语，一股脑地忏悔许愿。等到飞机“咣当”一下落地，长出一口气，该怎么活还照旧。但是没完呢，你还要飞回去。

好了，死心了吧，赶快退票别来了。实在不能更改行程，就去旁边的丽江，别忘了带好红花油创可贴云南白药啊！

笔者常驻大理，说的不周之处还望海涵恕罪，千万别来砸我家玻璃，我不住在野夫老师隔壁。

于大理

我　妈

一

我妈七十一岁时对我讲：她年轻时，一次遇到沈阳国营工厂招工，她辛辛苦苦排了一天队，检查都合格了，后来因为脖子上有个小疤痕，被刷下来了，给我妈气得好几天睡不着觉。我说，又不是招飞行员，可能有人走后门了。国营去不了，她被分配到街道办的大集体工厂，估计跟国营比差了好几档。我爸在包头学了几年手艺，在这个大集体里，做个小队长。我妈一赌气就下嫁给我爸了。后来才有了我波澜壮阔的人生。不过我至今没儿女，这条河一眼能看到尽头了。

二

我妈带我去上海治眼病，越治越坏，最终两眼都看不见了。她觉得我这辈子咋过啊，就带我到黄浦江边，说，儿子，咱娘俩一起跳黄浦江吧！我说，要跳你自己跳吧，我想回家。我妈一听，这啥儿子呀，没心没肺。索性自己也没了跳江的心情。我妈把这故事告诉我女友，女友再转述给我。曾经有这事吗，我像听陌生人的故事一样。

三

我妈退休了，在沈阳的街头摆摊卖衣服，确切地说是先收旧衣服，洗干净了，按照新旧程度衣服质量款式整理好，重新标价，卖得还挺好。有一回，收旧棉袄，发现里面缝了几个银元，高兴得她像传家宝一样收藏起来，从此，感到这行当更有利可图了。我爸退休了，整天坐在电视机前抽闷烟，有时我妈就带他去街上，看摊，主要让他散散心。顾客来挑衣服了，要求再便宜点，我爸火了，不买滚！这哪是做买卖，分明是找打架。我妈再不敢让我爸去看摊了。我爸在家里坐出病来了，跟我妈说，想跳楼。每天回来，我妈都能看到他站在六楼阳台上。我妈干脆把房子租出去，又租了个一楼，每天回家我爸站在一楼的阳台上，平平安安的。

四

我妈七十岁时，我给她换了个大房子，八十多平方米，十一楼。窗外是个大湿地公园，一眼能看出好几站地。她可喜欢了。过春节，八辈子不联系的亲戚，她都要想尽办法把人请来，带着人家参观客厅卧室厕所，还要解释不是租的，儿子给我买的。事后向我反馈，亲戚们都说，全沈阳亲戚中，属我家房子最敞亮了。

五

我把我妈运到大理来了。她说喜欢，满院子的花，冬天一点儿都不冷。去年她还去了香港，坐飞机都腻歪了。我妈做的蒜茄子，那真是茄子的最高境界，还有我妈亲自和面包包子，我冰箱里塞满了她包的包子，一年四季都饿不着。

我妈私下里跟我说，她年轻时算命：说将来你老了，要享你儿子的福，啥也不用愁。听起来挺美的，估计是她杜撰的。有回带我相亲，跟女方妈妈也说，我年轻时算命的说，你儿子将来会找个什么样的姑娘，说的跟你女儿一模一样。当时，我还信以为真：天作之合啊！没多久，我跟那姑娘就分了。

我又想起那个跳黄浦江的故事，也许是她杜撰的，也许是真的，但如果跳了，那就是另一个故事了。

于大理

人海如沙海，我们是几粒会唱歌的沙子，

边走边发出声响。

遇见影像

（封面）

以色列・耶路撒冷奔往死海的路途中

（内文插页）

以色列・特拉维夫

美国・旧金山金门公园音乐节

柬埔寨・洞里萨湖

以色列・耶路撒冷

以色列・耶路撒冷雅法门 Gloria 酒店

周云蓬　摄影

图书在版编目(CIP)数据

行走的耳朵/周云蓬著.—桂林:广西师范大学出版社,
2019.4
ISBN 978-7-5598-1282-7

Ⅰ.①行… Ⅱ.①周… Ⅲ.①随笔-作品集-中国-当代
Ⅳ.①I267.1

中国版本图书馆 CIP 数据核字(2018)第 242471 号

出 品 人:刘广汉
特约策划:乐树文化
责任编辑:阴牧云
装帧设计:金 泉
图文统筹:王大方

广西师范大学出版社出版发行
(广西桂林市五里店路9号 邮政编码:541004
网址:http://www.bbtpress.com)
出版人:张艺兵
全国新华书店经销
销售热线:021-65200318 021-31260822-898
山东鸿君杰文化发展有限公司印刷
(山东省淄博市桓台县寿济路13188号 邮政编码:256401)
开本:890mm×1 240mm 1/32
印张:5.5 字数:74 千字
2019年4月第1版 2019年4月第1次印刷
定价:45.00元